JN127113

歌文集

玲子挽歌

三村翰弘 著

同時代社

はじめに

生きとし生けるもの、不老不死などということはありえない。哀しいことに、人は、必ず末期《まつご》を迎える宿命にある。永年連れ添った伴侶に先立たれるのも、「生けるもの」の運命《さだめ》といえようか。

そのように永別によって「残される者」の何と多いことか。わが国では年間、男性の場合で約一六〇万人、女性の場合で約七九〇万人を数える（二〇二〇年、国政調査）。女性は男性の約五倍、それだけ男性の方が早く逝くということなのだろう。ちなみに、死因は、「老衰死」が八％、「不慮の事故」が七％だから、ほとんどは「病死」である。

おそらく多くの人がそうであろうが、永年の伴侶との永別が、いかに「重い」ものかということは、その身になってみて初めて悟ることであろう。夫婦は、そもそも他人どうしが出逢い結ばれた関係であるのに、どうしてこれほどお互い「特別な存在」になるのだろう。血縁の親兄弟にさえ抱かない深い心情…。だから、その永訣がとてつもなく「重い」のだ。その「重さ」ゆえに、残された者は、悲嘆に暮れる。軽重の差は人によって当然あろうが、その悲嘆のなかで人は、しばしば「自失」の状態に陥る。その状態から「抜け出る」のに、人はまた永い年月を要することになる。私も例外ではなかった。妻逝去後の半年間ほどの自身の行為・行動の記憶はほとんどないのである。いわば「空白」「自失」の期間だった。そして、「前向き」の確とした自覚を得るにはさらに数年を要した。

何百万もの人たちが、現在も、伴侶との永別にうち沈んでいるにちがいない。演劇や映画あるいは小説などの作品が、もっとそうした人たちへの「力添え」になるような主題を扱ってもいいのだろう。沈んで寡黙でいる人たちの「声」も届きにくいのだろうか。病者への「ケア」については、昔から医術に加えて仁術による「慰」はしきりと言われてきた。もとより、それは緊要なことだが、一方、永訣に遭って自失状態に陥っている「残された者」たちへの眼差しや声掛けは、もっと社会の関心事になっていいはずである。

「不治」を宣告された患者が、患者の立場として、医療のあり方も含めてその闘病の始終を綴った著述がノンフィクションの作品として世に出ることはままあるが、一方、年に何百万と「輩出」するこの「残された者」についての著作はほとんどない。ましてや、「残された者」自身が綴った書物を目にすることはまずない。あえて挙げれば、「詩集」ともいえる、高村光太郎の『智恵子抄』（一九四一）くらいだろうか。自らの回顧としての自叙伝はともかく、何百万のこの「残された」人びとへの「慰」としての出版は、当然あっていい。いや、あるべきだ。くり返すが、社会的課題としてもっと注目されるべきである。商業的観点からしても、「ニーズ」は大きいはずである。

私自身、「永訣」に遭い、永い「茫然自失」を経験し、そしてようやく七年を経た最近、己を見つめ直して「前を向く」ようになってみて、この「社会的課題」の重要さに気づいた。結論を先に言えば、私は、「残された者」として、その「全過程」を綴るひとつの述作を試み、ここに上梓しようというのである。この場合、私は、日ごろ嗜んでいた和歌を通じて自らの「心情」に向き合い、それを「言語化」することで「述作」に充てた。もとより、歌だけでは「全体情況」を表出することは難しかったので散文を添えた。この著作は、いわば「歌」と「文」による複合体としての「歌文集」と言うべきものである。このような「歌文集」という「文芸」があってもいいのではないか。ある意味、それは、私なりのひとつの「提案」「提起」でもある。

この著作をいちばん読んでほしいのは、私と似たような体験をした、あるいはしつつある人びとである。死別・永別・永訣というものは、つねに当事者にかかわる個人的なできごとである。したがって、その故人を悼むこうした歌々――私は広く挽歌としたが――も詠み手の個人的な心情吐露にほかならないだろう。しかし、文芸・文学あるいは映画・写真の映像などおよそ表現体が存在理由を有するのは、それらに接する人々に「何がしか」の問いかけや効用をもたらすからである。それはメッセージであり、あるいは心情そのもののカタルシスであるかもしれない。私は、「残された者」による著作――歌を主とする――であること、つまり、逝きし者を哀しみ、悼むものであることを示すためにもあえて自著表題に「挽歌」の表現を採り、永別・永訣の運命《さだめ》への心情の「分かち合い」を願った。

もう一点、自著によって私が世間に問いたいのは、「不治」を宣告された末期患者に対する「緩和ケア」とは何であり、またそのあり方はどうあるべきかである。

私は、たまたま幕末の医師・緒方洪庵が著した『扶氏醫戒之略』を読んでおり、この「緩和ケア」に相当する「医のあり方」を理解したつもりである。洪庵は、こう述べていた。

不治の病者も仍《なほ》其患苦を寛解し、其生命を保全せんことを求むるは医の職務なり。…たとひ救うこと能はざるも、之を慰するは仁術なり。

私の妻は、手術によって「ステージ4」が判明した癌患者だった。一年半にわたり三種の抗癌剤治療を受けたが効き目はなく、「不治」を宣告された。そして「入院」を前提に多くの「緩和ケア」を専門とする病院を訪ね、その考え方や方針を聞いた。ほとんどの病院が、「胸水は抜かない」方針だった。つまり、貯まる胸水はそのままにして病状の進行に任せる、ということである。不治の病者に対して、「なお、患苦を寛解し、生命を保全する」のではなかった。一日でも永く生きるための処置を採るのではなく「末期《まつご》」への坂道を転がり下るに任せるのである。そういう「方針」の背景には、どこも待機の末期患者が一〇〇人もいることがあったのかもしれない。そうだったとしても、それは「緩和ケア」の「貧困」「怠慢」「放棄」になるのではなかろうか。「医の職務」とは何か、あらためて洪庵に尋ねたらいい。そして、根本的な課題解決は、ひとつ病院だけで一〇〇人もの待機の末期患者が出ることのないような医療行政にすべきなのだ。「緩和ケア」は余りに軽んじられている。

「闘病」の部で詳細に触れるが、運よく「不治」の妻が入院した都立TM病院は、洪庵の「戒め」にあった「患苦の寛解」も「不治病者の慰」も完璧といっていいほど遂行されていたのである。この「実際」を描写することは、あらためて今日の「緩和ケア」のあり方を考える有力な「手引き」「提要」になるにちがいない。

私の妻・玲子は七年前の二〇一七年一月に癌で亡くなった。

肩の痛みなど体調がすぐれず、街の整形外科で診断を受けた時には「六十肩」ということで痛み止めなどを処方されたが、一向に改善せず大きな病院で診断を受け首のリンパ節から癌細胞が検出され、さらに大学病院で検査、入院、手術ということになり、手術の結果もはや癌は「ステージ4」ということが判明した。

辛い抗癌剤治療もけっきょく功を奏さず、最後は「緩和ケア病棟」に入院し、癌発見後二年余りで妻は今生に別れを告げた。

既述のように、妻逝去後の半年間ほどの自身の行為・行動の記憶はほとんどなかった。いわば「空白」「自失」の期間だった。

そんな私を「自覚」の世界に連れ戻してくれたのは、長年趣味的に嗜んでいた「歌詠み」であった。自失の状況にあってただ無為に日々を過ごしている自身に気づいて、「自分のいまの心情を素直に見つめなおしたい」との思いが湧いた。幸い、五十歳あたりから始めていた歌詠みの習慣があった。その習慣のお蔭で自失状況から抜け出せたのである。

少々長くなるが、「立ち直り」の「助け」となった歌詠みのことについて触れておきたい・歌詠みの初めは、早春の筑波の宿舎での朝に何気なく眼に入った小鳥たちの姿に何か「愛しさ」を覚えたことだった。大学での教育・研究ももはや二〇年を超え、少しは心が「他者」に向かう「余裕」が出てきたのだろうか、その鳥たちを見ていて、ふと三十一文字《みそひと》の歌を詠んでいたのである。

雪解けの枯れ芝庭に舞い降りて餌ついばむでをるツグミら愛《いと》し

それから、俄かに和歌の世界に分け入るようになった。「初歌」の出来への不満が自身を導いたのである。折しも、東京の自宅に戻った時に、庭の椿の花を首をヒョイヒョイしながらついばんでいるヒヨドリを見て、また「愛しさ」を覚えた。何気なく、こうして湧き出る心情を古人は、日ごろ歌を詠むことで表出していたのだ。それから俄かに、古典の和歌集を読み始めた。

まず、古典中の古典である万葉集から始めた。『萬葉集一～四』（岩波古典文学大系・4～7）を通読した。四五〇〇首余りの和歌をとにかく一気に読んだ。もとよりすべてを完璧に理解できたはずもないが、素朴な歌詠みの表現に惹かれた。おそらく、私の歌の「原点」はこの万葉集にあるのだろう。その後、古典から近現代歌人の歌集まで多くのものに触れた。「古今」「新古今」「後撰集」「山家集」「金槐和歌集」「伊藤佐千夫」「正岡子規」「島木赤彦」「与謝野晶子」「斎藤茂吉」…。自分の個人的な感性にもよるのだろうが、私は、やはり、「万葉」や「金槐集」「赤彦」などの素朴な情景を詠んだ歌を好んだ。

これらの歌集に接しながら、私の「歌詠み」が始まった。東京の家を拠点に筑波の大学に勤務する「二重生活」の繁忙さもあって、私は「歌会」や「同人誌」に加わる余裕はなかったが、「歌」の「学習」は人一倍やったという確信のもと、歌詠みを習いとしていった。山伏や修行僧のように「自己鍛錬」こそが、自身の成長・進化の根本であるというのが、何事においても私の人生観でもあった。家にあっては詠みたい情動の生じた時に、旅に出れば日記替わりに、文字通り「心情の発露」としての歌詠みだった。何物にも縛られない「自由さ」が、まさに私流《わたしりゅう》でもあった。

歌についての「作法」や「心得」「精神」などについて論じた歌論はたくさんある。たとえば、藤原俊成の「古来風體抄」、定家の「毎月抄」、為家の「詠歌一體」、為世の「和歌秘傳抄」、鴨長明の「無名抄」などなど。これら歌詠みの名人の「説」はもちろん含蓄に富んでいて、われわれにはたいへん為になる。だが、どんな分野・領域でもそうだが、先達はつねにありがたい存在ではあるが、どんな先達でも「時代の申し子」であることは免れない。今のわれわれは、今なりに、先達のもろもろの言説から、自分にとって得心のいくところを学ぶことが肝要なのだろう。つまり、「受容」の仕方は、それぞれに見合ったものでいいのだろう。それぞれにとって、「これ」と得心のできる先達の言質・主張が「至言」として胸に落ちる、ということである。私は、そう思いながら、「歌論」にも接してきた。

なにより、「歌詠み」の原点こそが、問われるべきことであろう。それは「作法」や「心得」以前の問題でもある。私流に敢えて言えば、その原点とは、「心情の吐露・発露」そのものであるべし、ということである。対象がいかなるものであろうと、心に感じたこと、心を動かしたもの、その情動の生起こそが「吐露・発露」となって表出される。歌詠みは、たまさかそれが三十一文字という文字による「形」を得て表現される。つまり、己が心情を、文字表出によって自身の外に置くことなのである。情景を詠む歌の場合でも、その情景のどこをどのように切り取って、どのように表出するかは、詠み手の「心情」「心証」に依るのである。また、知られるように、掛詞が本格的に和歌の表現手段になったのは「古今集」以後とされる。それは、いわば「言葉遊び」のような表現手法であって、そもそもの詠み手の情動に発出するものではない、「技法」の類である。私が、「技巧」に富んだ歌を好まないのは、この私が重視する「心情の吐露・発露」としての原点をかえって希薄にしていると思うからである。

「歌詠み」の効用は、文字表出による己が心情の客体化に止まらない。もともと、和歌は文字化することが第一目的ではなかった。文字通り「詠む」ということは、音声を発して「歌う」「歌い上げる」ことである。百人一首の「かるた取り」も、皇居で年初に行われる「歌会始」も、歌はすべて声に出して詠まれるのである。「歌会始」における「発声《はっせい》」や「講頌《こうしょう》」は、伝統に基づいた「詠い方」とされる。

私は、「残された者」として亡き妻を偲ぶに当たって、「回想」や「闘病」の部における歌については、すでに文字化されていた歌を、節回しの適否はともかく、声にして詠み直した。そして「哀悼」の部において新たに哀悼歌を詠む時には、文字化の試行錯誤に合わせてやはり声に出して「歌った」。

「声出し」の精神開放や精神集中、場や連帯感の高揚といった効果・効用は、和歌の場合に限らない。仏教における読経や声明《しょうみょう》（読経斉唱）、キリスト教におけり讃美歌合唱、和歌や漢詩の「歌い」そのものを特化した詩吟、能舞台における地謡《じうたい》などなど。和歌も含めていずれも、何がしかの「歌い」の節回しを伴う「朗詠」である。

一般的に、声に出して歌うことは、医学的にも、副交感神経の刺激に伴うストレスの発散や脳の活性化、血流の促進などの効果があるとされている。「歌詠み」に当って、文字化のみならず、本来の声出しの「歌い」を併用したことは、私にとっても、「自失状態」からの「脱却」、つまりある種の精神開放としてきわめて意味のある行為だったと言えよう。

私が、妻の逝去後の空白期から抜け出したのは、まさに、亡妻を偲ぶ「歌詠み」によって「自身を客体化」し、そして「精神開放」に繋がる契機を得たということなのだろう。

そのように詠んだ歌は、まさしく世に言う「挽歌」であるにちがいない。ただ、つくづく、亡妻について触れようとすれば、私のなかでは「死」そのものを悼むことでは収まらないと感じた。連れ合いだった故人に触れることは、その永い連れ添いの「歴史」の想起は必然なのである。つまり「逝去」そのものへの哀悼だけではなく、共に連れ添った過去の「回想」、そしてその「闘病」の実情への心情の「あり様《よう》」、それらすべてを含む「歴的な」追悼・哀悼である。

「連れ合いとの歴史の想起」は、必然的に本書の構成を決定づけた。

すなわち、本書は**「回想」「闘病」「哀悼」**の三部より成っている。厳密な意味での挽歌に執着するなら「哀悼」の部だけで済むだろう。しかし、既述のように、故人を悼むということは、その逝去という一断面だけを取り上げるだけでは不十分である。「悼み」の深さや広さを求めようとするなら、故人の闘病、葛藤はもとより、在りし日の「生き様」までをも踏まえたものになるはずである。数十年という永い年月の「連れ添い」の相手であればなおさらである。

それぞれの「部」の対象となった時間の長さの違いもあり、「部」ごとに収載した歌の数は自ずとその時間の長さの違いを反映した。

「回想」の部では、子どもたちが巣立ちして夫婦だけの生活になって以降の夫婦の「あり様」を対象とした。幸い、既述のように、旅にあっては、私は日記代わりに先々で歌を詠み、旅雑記帳に留めていた。「非日常」であるそれらの旅の歌を吟味し直すことで、故人との「共生」を追想し、それがあらためて「悼む」ことであることを実感した。

「闘病」の部は、まさしく故人が「死に至った」原因と病魔との格闘の経緯を見つめるものである、それは、「悼む」ことの前提としても欠かせぬものである。もとより、抗癌剤も効果ナシで「余命なにがし」の宣告を受けた患者に付き添うことの「辛さ」から、歌詠みどころではなかった。私は、予想される妻との永訣を想い、その過程をしっかりと自覚し、現認し、脳裏に焼き付けておきたいと思った。そして、日記をつけ、牀上にある妻の写真を撮り続けた。この「闘病」の部の歌のほとんどは、私の脳裏に刻まれた記憶とそれら日記と映像に依って、後日詠んだものである。

「**哀悼**」の部は、妻逝去後の約半年間の「空白期」を経たのち、追悼の歌を詠むことで自らを「取り戻した」以降の歌を載せた。最初の挽歌というべき歌は、高校時代に親しんだ「源氏物語」の桐壺の更衣の死去に際しての「なくてぞ」のくだりを想い出し、あらためて調べて詠んだ。結果、「古今和歌六帖」にあった「詠み人しらず」の歌に惹かれ、本歌取りをして詠み結んだ。「あるときはありのすさびに語らはで亡くてぞ人の恋しきをしる」。「第一挽歌」を詠んだあとは、自然に哀悼の歌詠みができるようになった。ひたちなか市への転居後の歌も併せ収載し、そして最後に哀悼の長歌「天上の君へ」を詠んで締めとした。

私の歌の言葉使いは、基本的に文語調である。「万葉集」をはじめとした多くの古典の歌集に大いに傾倒したことがその要因だが、なぜ傾倒したのか。言葉というものは、それ自体深い趣をもっている。古典の歌に詠まれた言葉は、ことのほかその趣の深さを表している。それは、時に、雅であり、悦びであり、哀しみであり、また、剛さであり、淡さである。人の情を表出、表象する言葉として、文語は私にはそのように深く届いてきた。現代に生きる人間だが、私はこの文語のもつ趣をだいじにしようと思い、自身の歌を文語調で詠むことにしたのである。もっとも、歌詠みの時節は現代である。歌の中で会話の言葉を表現するときには、口語体を用いることにした。紫式部でも西行でも定家でも実朝でもない現代人が文語調で会話の言葉を発することはありえない。そして文語調の歌のなかに口語体の会話の言葉を挿入してみて、私は意外にも「面白さ」を見出した。文語調と口語調の「混交」が思わぬ「妙」をもたらしているのに気づいた。こんな「妙」は、現代の歌であるからこその効果である。そんな例は、多くの人たちに馴染みの深いポップスやフォークソング、ロックなどの歌にもある。たとえば、「涙《なだ》そうそう」（森山良子作詞、BIGIN作曲）の歌は、タイトルと歌詞のこの表現の部分だけが沖縄方言でほかはすべて標準語である。スピッツの「潮騒ちゃん」の「ばってん、こげなこと」の福岡弁、米津玄師の「死神」の「じゃらくれた」の徳島弁などなど。これらの歌は、「混交」であるからこそ、方言が活きているのである。私の和歌は、この自分流の文語調と口語調の「混交」にこだわることで、「私流」であり得るのだろう。

本書は、三十一文字の短歌が大半を占めているが、二つの長歌を収載した。初めのものは「回想」の部に収載したものである。大学時代の友人の逝去に合わせて一六年前に詠んだ長歌である。これも挽歌といってよいものだろう。ふたつ目の長歌は「哀悼」の部の最後に載せた。文字通り先立った妻を悼む歌々の掉尾を締めるものとして、本書上梓に合わせて新たに詠んだものである。「長編挽歌」とでもいえようか。

歌文集　玲子挽歌

もくじ

歌

歌

回想

文

「回想」という追悼

ここに言う「回想」は、過ぎし日のことどもに思いを馳せて歌に詠んだということではない。ここでは、妻生前の時代に詠んだ歌を整理、取捨選択して時系列で並べた。あらためてそれらの歌に触れて、彼女と過ごした「時」と「場」、そして「日常」と「非日常」を今あらためて確認することは、私にとってはかけがえのない「回想」そのものなのである。

「挽歌」は、ふつう死者を悼む歌そのものをさすのだが、妻とともにあったことを回想することは、私にとってはこうして亡き妻を偲ぶことに結びつくのである。かくして、回想の歌を追悼の情意を含むものとして敷衍し、この「歌文集」においてはあえて挽歌に連なるものとして位置づけたのだった。

振り返れば、お互い元気に過ごしていた頃のことだから、歌のなかで詠んだ「連れ合い」は、特段に深い思い入れなどなく普通に三人称の「妻」という呼称を用いていた。だが、相当進んだ癌の病を負った以降の彼女は、はるかに特別な存在に思われるようになって、自然と歌に詠んだ時には、二人称の「君」に変わっていた。そうした「情実」の相違を反映したものとして、この「回想」の部においては、元の歌にある

「妻」の表現をそのまま用いることにした。

「非日常」の旅の歌

ここに挙げた歌の多くは「夫婦旅」の「非日常」の歌である。旅先の「場」は、多少似たものはあってもつねに世に唯一無二のものである。つまり、名称はもとより、それぞれに地理的、歴史的、文化的、自然的、社会的な「固有性」を有している。従って、それぞれの「場」において歌を詠むことは、その場の固有性を尊重することに留意したいと思ってきた。

欧州でも昔から、そうした「場」の固有性を表す概念と用語があった。ラテン語の「ゲニウス・ロキ」である。直訳すれば「場所の精霊」であるが、アニミズムに由来するあらゆる場や物に宿る精霊を指し、それは「そこにしかない固有性」を敷衍的に意味した。私は、建築や都市や環境を専門とする人間として、このラテン語を「場の精神」と意訳して用いてきた。

場や物を対象として歌を詠もうとすれば、その「固有性や精神」を尊んで詠みこむのは当然である。私が、万葉集や実朝や（島木）赤彦の「情景」を詠った歌に惹かれるのは、その「固有性や精神」を自然で素朴で率直に、そして見事に表現しているからである。私の「旅の歌」が叙事詩的なものになったのは、そんな思念からしてある意味「必然的」であったろう。

「回想」の始まり――歌詠み始めの時

既往の「歌」を通しての「回想」は、私自身の歌の存在如何に依っている。できれば、彼女との「出逢い」まで遡ることができれば、より完璧な回想なのだろうが、実際はそうはならなかった。若い頃は、日々の研究と教育と雑務に忙殺され、とても歌を詠むような志向も情意ももてなかった。つまり、歴史的、時間的には、人生をそれなりに歩んだのち、日常のなかに心の「余裕」が生まれて歌を詠み始めたということなのだろう。したがって、この時期、つまり人生も相当歩みが進んで「歌詠み」を始めた頃が、この回想の「はじめ」の頃ということになる。

自薦の歌

「はじめに」でも述べたが、歌を詠んでみようと思い立ったのはふとした窓外の情景だった。早春の枯れ芝生に餌を求めて歩き回るツグミの群れに言いようのない「いとおしさ」を覚えたのだった。齢五〇、知命の歳になっていた。「仕事」以外の「何か」を求める情意が心の隅に芽生えていたのだろうか。「万葉集」に始まり、種々の歌集を繙くようになった。だが、遠方の大学での平日の仕事と週末の東京の自宅での滞在という「二重生活」のなかでは、歌人が主催する「歌会」や「同人誌」に加入する余裕はなかった。それでも、自分なりに深く広く「歌」について「学習」した確信はあった。自身の成長・進化の根本を成すのは「自己鍛錬」という、人生観の「発動」でもあった。そして「歌詠み」が始まったのだった。

その頃になると、息子と娘の二人の子どもたちはもう親離れの年ごろで、旅は夫婦で出かけることが多くなった。二人旅の歌の「記録」は、それだけ妻の存在を偲ばせるものとなった。

旅は非日常そのものである。それだけ貴重な体験だとの思いから、私は旅においてはできるだけ日記をつけ、あるいは歌を詠むことを心がけてきた。ここに所載した歌はそんな旅での歌を中心に選んだ、いわば「自選」の歌である。「選外」の歌を含めれば、ここに選んだ歌の二、三倍は下らない数になろうか。それでも、もともと多作ではないから、永い期間にしては「自選の歌」の数もむしろ少ないといえようか。

所載した「旅」は夫婦旅を主としたものだが、すべての夫婦旅を選んだものでもない。「非日常」の旅とはいえ、「回想」の観点からすれば思いや記憶、印象の濃淡は当然ある。私自身の「回想に残る」旅を取り上げた。

「雑歌」は別にして、旅の歌以外で収載した例外的な歌がひとつある。それは学生時代の友人が六〇代で亡くなったことへの哀悼の歌で、私自身の最初の「挽歌」であり、そしてこれまでの唯一の長歌という特別のものだった。その特別の意もあって、この「回想」の部に収めた。「我ら宇宙（そら）を翔びて遊ばむ」という表題の長歌である。

玲子の人となり

本書の「対象」である妻玲子の「人となり」について触れておきたい。

彼女は、公立中学校の英語教師だった。一九七〇年代、彼女が二〇〜三〇歳代の若き教師時代の中学校は最も「荒れて」いた時期だった。いわゆる校内暴力が絶えなかった。ガラス窓や器物の損壊、他学校の生徒との暴力沙汰など、教師はその対応に苦慮していた。玲子はそんな状況のなかで率先して事態の対応に当った。顔に青アザを作って帰宅することもあれば、警察署に出向いて暴力沙汰を起した生徒の「身請け」をし、果ては家庭を顧みない自分よりはるかに年長の生徒の親に直談判の説教までしていた。いわば「身体を張って」学校教育をあるべきものにしようとしていた。

当時、テレビで「金八先生」というドラマがあった。ちょうど同じ中学校における「問題」を扱った視聴率も高いものだったが、彼女はそのテレビドラマを見ようとはしなかった。彼女は言った。「あれは、現場の実態を知らない人間が書いたフィクション。現実はきれいごとではなく、あんなに甘いものではない」と。そうだろう、金八先生が生徒に殴られて顔に青アザを作ったような場面はなかった…。

後で知ったことだが、彼女は貧困家庭の生徒に対して費用の立替えなどをしていた。生徒が社会人になって返済を申し入れても受け取らない人だった。

しかも、多忙な中、彼女は「Xへの手紙」というB４一枚の文章を書き、「週一」の頻度で生徒に配布して、彼女なりの生徒の精神的成長を願う「思い」を彼ら彼女らに語っていた。何年も続いたから、おそらく通算すれば一〇〇〇号は超えていたのではなかったか。

学年主任になった時には、校長に直接交渉して修学旅行に広島行きを認めさせ、原爆投下の被災関連の資料を展示している平和資料記念館の見学をし、平和の大切さを彼女なりに生徒に考えさせようとした。ところが、右翼の「教科書を考える会」がどこからかそれを聞きつけ、「礼賛」した。アメリカ批判の国粋主義がその背景にあった。彼女は自分の純粋な「平和教育」の思いが右翼イデオロギーに利用されたことに憤慨していた。

彼女は、また、校長や教頭になる資格試験を絶対に受けようとしなかった。「管理職」ではなく、生徒たちにいつも直接接している「平《ひら》」の教員であることに固執していた。真の教育者そのものだった。

学校を離れた一人の女性としては、まことに愛すべき人であった。祭りが好きで、盆踊りには率先して加わっては皆と踊り、お茶目で場の雰囲気を明るくし、皆の笑顔を見ているのが常だった。また、子どものようなところもあった。些細なことで諍いを起し私が沈黙を続けていると必ず彼女の方から「ごめんなさい」と謝ってきた。けして自分を卑下するような人ではなかったが、家では「甘えん坊」だった。テレビドラマなどを一緒に観ていて、私が「この女優さんいいね」などと言うと、顔をそむけて不機嫌になった。また、逆に、何かで彼女を褒め称えると、大いに照れて「そんな人間じゃない」と顔を赤らめた。また、うっかりミスの多い人でもあった。新婚のころ現金一〇万円の入ったハンドバッグをバスの座席に置き忘れて手ぶらで帰ってきたこともあった。この種の「ドジ」はしょっちゅうなので、私はときどき「ドジ村ドジ子」さんと呼んだ。また、彼女は一度言い出したら引かない「強情さ」もあった。自分なりの考えや信念に拘泥する性格なのだろう。私はそういう彼女は「ガン子」さんと呼んでちょっと揶揄しながら応対した。まあ「ドジ子」「ガン子」の二首《ふたくび》人間である。家計管理などは、電気・上下水道。ガスなどの伝票はいつもきちんと整理され、一円単位で収支がチェックされており、几帳面なところもあった。

また、彼女はモノには淡泊だった。まず高価な衣料品・装飾品などにはまったく関心を示さず、自分の身の回りは「質素」だった。高校生の息子にからかわれたこともあった。「お母さんは、マルエツ・ブランドだから」。衣料品はほとんど近くのスーパー、マルエツで済ませていたからである。モノに対しては恬淡としていたが、精神は気高かった。学校での生徒たちに対する教育の原点ともいうべき「人としてのあり方」「学びへの真摯さ」「周りの人たちへの気配り」などを説教ではなく、彼らの目線で語っていた。ある集会で革新政党の女性党首とすれ違った時に「もっとしっかりしなさい」と檄を飛ばすような一面もあった。教職員組合の活動はしなかったが、政治の腐敗・堕落・停滞にはきわめて批判的だった。

また、彼女は、けして他人の悪口や批判を言ったことがなかった。人間社会、とくに組織では嫌なこと不快なことが人間関係のなかで生じることはふつうで、多くの人はそれを第三者に聞いてもらうことでストレスを発散するものだ。それをしなかったのは、彼女の気品というものだったのだろう。そんな彼女だったが、ある時、私に向かって「パパは（彼女が私を指す日常の言い方）、野武士のような人だ」と。悪口を言う人ではなかったから、まさか、野蛮で無教養で厳めしいなどという人柄を面と向かって言おうとしたのではないことは察したが、私はその時ただ笑っていただけだった。まあ、私は、確かに権力風をやたらと吹くような人の下で働くのを好まないし、独立独歩の気質の強いのも事実である。また、たいていどこの「職場」でも、人間関係など「不快なこと」はあるものだが、私はそうしたことを家庭に持ち込まないことを信条としていた。また「愚痴めいた」ことを絶対に口にしないことも。それは、家庭と職場の「二足の草鞋」を履いて奮闘している妻に対する当然の姿勢と思っていた。だがそんな連れ合いを、おそらく称えようとして「野武士」呼ばわりし、しかも相手がそれに不平も言わずに笑っていたので、さすがに「まずい」と思ったのか、彼女は自分で言っておいて苦笑するしかなかった。これも「ドジ子」の一端だったか。いや、今になってみれば、私は、笑い返すのではなく、彼女が何を言いたかったのか、その真意をとくと聞いてあげればよかったと、少々悔いもある。

要するに、彼女は、いい意味で二律背反する要素を備えた「多面性」をもった愛すべき人間だった。

そんな彼女だったが、感性・感覚も鋭いものがあった。本書でも後述するが、智積院で長谷川等伯と息子の久蔵の絵を観る機会があった。彼女は久蔵の「桜図」を等伯の「楓図」よりも高く評価した。彼らが存命中の往時の日本画界でも「久蔵は父親を凌ぐ」との高い評価を得ていたのだが、そんな専門領域のことは彼女は知らない。彼女の感性と感覚が導いた結論である。自分では絵を描かなかったが、審美眼は確かだった。文章でもそうである。私は若い時から建築評論などの依頼原稿を書く機会が多かったが、原稿を出版社に渡す前に必ず彼女に読んでもらった。実に的確な講評が返ってくるのである。その意見を容れて修正を施したことも少なくない。

ほんとうに、多面性をもった、そして「芯はぶれない」人だった。こういう人は世に稀だろう。私は、昔、自著の「あとがき」にこんな風に書いたものである。

「最後に、初期の頃からの私の文章の読者でありまた批評者でもあり続けてきた、わが連れ合いにも謝辞を献じたい。もし私の文章の姿勢に『ブレ』がないとしたら、それはいつも背後にあって『清貧の思想』を地で行くような、鈍ることのない眼力をもった彼女の存在ゆえでもあったろう」

歌

北海道旅行（一九九三・八）夫婦旅

子ども達も大きくなって親離れ。所帯をもって初めての夫婦旅だったろうか。若い時から旅行好きだった私自身も、広い北海道はごく一部しか行ったことがなく、夏休みを利用しての少々長い旅を企画した。羽田から一気に稚内まで飛び、そこからレンタカーでの旅が始まった。初めに本土最北端の宗谷岬を訪れ、利尻・礼文の島に渡り、また戻って北海道の東、オホーツク海の海岸沿いの道を南下してサロマ湖・網走を経て、ウトロから知床半島を廻り、野付半島に出てそれから内陸に入って阿寒湖・屈斜路湖・摩周湖を訪ね、釧路が「終点」の二週間近くのドライブ旅だった。妻は運転をしないので、さすがの交替なしの独りドライバーは疲労困憊。まだ若いつもりだったが、あらためて「知命」五〇の「歳」を実感。

島国ゆえの特異性なのだろう、宗谷岬からのカラフト、知床峠からのクナシリなど、海の彼方にかつての日本領土だった島を眺めた時の感慨がひとしおだったのが、とくに印象に残っている。

（宗谷岬）
最北の岬に立てばほのかにぞ海原遠く浮かぶカラフト

（利尻島）
北海に優雅に浮かぶ利尻富士島を巡りてただに拝めり

（礼文島）
礼文岬お花畑を行く妻は足取り軽く少女のごとし

（オホーツク街道）
真っ直ぐなオホーツク路よ気は抜けず傍らの妻すやすや眠り

（原生花園）
ハマナスも寂しげにあり花園を貫く鉄路汽車通はねば

（サロマ湖）

砂州の浜出で来て見れば波繁く潟湖の水面《みなも》安らけきこそ

（網走刑務所）

レンガ塀「番外地」の歌口ずさめば「ワタシ緋牡丹」妻はのたまう

（ウトロ）

ウトロ港安宿の夕餉巨《おお》き蟹目配せをしてわれら食らひて

斜里町が乱開発から知床の自然を守り保全すべく、一九七七年に全国に呼び掛けて「百平方メートル」単位での寄付金を募って土地を取得・保全するという日本初の「トラスト運動」を開始した。わが家は夫婦と子ども二人の全員の名で同運動に「寄付賛同」。全寄付賛同者の名札が記念ハウスの壁に掲げられている。

（斜里町・「知床百平方メートル運動ハウス」）

知床の百平方運動記念ハウス妻は声上ぐ名札見つけて

半島に踏み入れみればけもの臭ヒグマ出没恐怖覚ゆる

（同）

キタキツネ群れて近寄るエサねだり人の「善意」も自然損ねて

（知床道路上）

それぞれに山並み写す五湖巡り「野生」の匂ひ原生林の道

（知床五湖）

「知床旅情」の歌の一節に「はるかクナシリに白夜は明ける」とあったが、むしろ知床半島からこんなにも近く、そして大きく横たわって見えたのが印象的。北方四島の帰属問題が未解決のままの状態であり、複雑な思いで見つめていた。

峠にて羅臼の嶺ゆ目を転じ「あれクナシリね」と妻のつぶやき

（知床峠）

海峡は静まりをれどかの島は戦《いくさ》の「犠牲」帰属かまびすし
（同）

地殻変動で年々沈下しており、かつての原生林も枯渇している。いずれこの半島は海中に没するという。

茫漠と拡がる荒野や野付半島ただ見入る妻「末」思ふてか
（野付半島）

ループタイ見事手彫りよ躊躇なく贖《あがな》ひ求むアイヌコタンや
（阿寒湖）

水底に船の案内《あない》よ群生のまるまるマリモいと沁みかえり
（同）

屈斜路のアイヌ部族の夏祭り嬉々と飛び込み踊る妻かも
（屈斜路湖畔の宿）

露天温泉湖《うみ》を間近に寝ころびてありがたきかな大地の恵み
（同）

快晴は稀有のことと ぞ摩周湖よ言祝《ことほ》がざるやさうなし眺望
（摩周湖）

展望のスポット求め車にて巡る広さよ釧路湿原
（釧路湿原）

展望の台ゆ眺むる湿原よ緑果てなくまこと遺産ぞ
（同）

霧深く待つこと長し釧路空港妻つぶやけり「旅も終わりか」
（釧路空港）

北欧旅行（一九九八・八）息子を加えた三人旅

三〇代前半の若い頃、船舶運輸会社ジャパンラインの「六本木クラブハウス」の設計を依頼された。その設計の発注に尽力していただいたのが当時同社総務部次長だった山本英二氏。氏は定年後、エストニアに渡り「日本語教育」に献身される一方、日本から桜の苗木を当地に移植して彼地に「サクラの名所」を造るなど、両国の友好に貢献された。氏の日本語教育を受けた学生が国費留学生として私が勤める大学にも留学した。氏とは逝去されるまで永くお付き合いさせていただいた。遺族の夫人とは、今も文通の交流が続いている。

山本ご夫妻がエストニアに滞在している時に、妻と大学二年の息子を同道して当地を訪れた。エストニア滞在中は、氏ご夫妻のご丁寧な「案内」で初めての地を愉しむことができた。帰路、フィンランド、スウェーデン、デンマークの北欧諸国を巡った。

（エストニア、首都タリン）
石畳縫ひて流るる古都の雨寒さしみいる北国の夏

（同）
中世の民家ひしめく足元にガリバーの心地見晴らしの丘

（同）
賑はひの露店市場を廻る客眼のけはしきは獲物狙ふごと

（ラヘマ国立公園）
氷河跡苔生ふ湿地桃色の花咲き誇るその名知らねど

（同）
木道を歩み続けて妻のたまわく「尾瀬にそっくり池塘の群れも」

（タルト）

新旧の綾なす図書館レンガ壁十四世紀の修道院活き

（フィンランド、ヘルシンキ、テンペリアウキオ教会）

テンペリアウキオ岩を刳りぬきハイサイド陽差す祭壇妻は合掌

（ヘルシンキ・マーケット広場、カウッパトリ）

響き合ふ漁師の掛け声湊市氷雨気にせず妻は漫歩す

（フィンランド、アウランコ自然公園）

シダ類の繁りて暗き道ゆけばパノラマ展くアウランコの森

私自身は、一九八一年以来の二度目の訪問。

（スウェーデン、ストックホルム旧市庁舎）

旧市庁舎初恋の人に会ふがごと優雅にいます昔ながらに

（同）

いつまでもメーラレン湖を眺めつつ母息子《おやこ》の語らひ市庁舎の庭

（ストックホルム旧市街・ガムラスタン）

旧市街名所なるかな人多く路上に設置のマッサージの床《とこ》

（デンマーク、コペンハーゲン港）

人魚像見ずば措かじと尋ねきて目の前に見れば何と小さき

（コペンハーゲン、ニューハウン）

埠頭沿ひカラフル街やけざやかしアンデルセンもさぞや愛でしも

（コペンハーゲン、ストロイエ）

世界初歩行者天国ただなかやパントマイムはかけて動かず

旅すがら独り行動貫きしサングラスの息子あゝ親離れなり

ペルー旅行（一九九九・七〜八）和子快気祝いを兼ねて

ノンフィクション作家だった義妹の柳原和子が著した本に『「在外」日本人』（晶文社　一九九四）があった。世界四〇ヵ国のそれぞれで根を下ろして生きている日本人の「声」をインタビューして集めた労作である。和子は、自ずと話を聞いた相手の皆さんと親しい友好関係を築いていた。その中の一人にペルー在住の阪根博氏がいた。彼は、日本人移民一世だった祖父・天野芳太郎の遺志を継いで、天野が考古学者としてペルー各地で発掘した考古学的遺物を整備・展示した「天野博物館」の管理・運営に当たっていた。

この「ペルー旅行」は、癌を患った和子の「快気祝い」を兼ねてのものだった。飛行機を乗り継いで二四時間もかかるような土地への旅はこんな時にしかできない。ペルーはインカに代表される古代文化が豊かであり、海岸地帯の砂漠から数千メートルの高地までの稀有な環境を有する特異な所で訪問に値する、との和子の意向を汲んだ。天野博物館の阪根氏を訪ねての、ほぼ一ヵ月にわたる長期の旅になった。当の和子と妻、大学生の娘、私の四人連れだった。

さすがに、考古学に明るい阪根氏の案内で、普通の観光旅行では訪れないような、ペルー北部の古代遺跡が眠る土地などを訪れることができた。妻の玲子がアイスクリームの食当たりで寝込んだり、私の永年の腰痛が悪化するなどのハプニングがあったが、最後は皆元気で帰国した。
念願のマチュピチュを訪れ、しかも運よく山上のホテルに泊まることができ、夜明けのマチュピチュ遺跡の中で日の出の陽光を拝めたのは、感激だった。旅の終盤で訪れた富士山よりも高度の高いチチカカ湖も、いまだに「近代文明」とは無縁のような、南米の素朴な「原文明」を覗いたようで、ひとしお感慨深かった。

（ペルーの首都リマ）
どんよりと気は重くして冷ややかにリマは冬なり地球のウラぞ

（天野博物館）
チャンカイの土器飾りたる人の顔みなユニークでつひ微笑みし

（カニエテ）
百年ほど前に日本からの最初の移民船が着いたところ。
カニエテの桟橋朽ちて思ひ馳すはじめて着きし邦人移民

（パラカス）
涙沁む満天に星散りばむを南十字星頭上に輝き

（同）
海鵜らし水平線より湧き出でて無数の雁行なして帰れり

（ナスカ）
草木なき丘に登りて見渡せば白きラインぞ無数に延びをる

（同）
セスナ機のサービス精神パイロット「ハチドリ」「サル」と日本語連発

（天野博物館）
修復に脇目も振らずわが娘三千年前のチャヴィンの古裂れ

腹痛に独り残れる妻はただ恨み節ごつ顔青ざめて
（リマ）

八百年乾きに乾き晒されてシャレコウベの眼は何睨みをる
（カスマ）

土に溶ける廃墟の縁に佇めば水平線に夕陽落ちゆく
（チャンディーヨ）

チャンディーヨ砦を高み下界なる車走れり豆つぶのごと
（同）

アンデスの嶺々白く輝くを窓外見入る妻も同道
（クスコ行きの飛行機の中）

（クスコ市街）

土地人は他所《よそ》人構えるカメラ前姿覆ひし霊《たま》守らむと

（クスコ郊外、遺跡サクサワマン）

サクサワマン見事に積める巨石壁インカの命運賭けしを想ふ

（同）

頭《かしら》鳴り胸苦しきや高山病ありがたきかな酸素ボンベよ

（マチュピチュ）

夢に見しマチュピチュ遺跡見下ろして箱庭のごとしばし見惚れり

（同）

人去りて夜のしじまの迫りくる遺跡に立てば古人の心地

（同）

アンデスのはるか西なる連山はモルゲンロートぞ陽は見えずして

（同）

旭日の窓穴差しぬき聖台を照らす一瞬身固まれり

（クスコ市街）

狭き路地民族衣装の行き交ふてインカの時世を歩む心地す

（チチカカ湖）

いままさに夕陽落ちゆく山向う広き湖面は朱く染まりて

（チチカカ湖畔の町プーノの日系旅行会社にて）

帰国後の費用捻出思ふてかわが妻の顔いつも微妙で

（チチカカ湖に浮かぶ、水草トトラでできた人造のウロン島）

草の床ふわっと雲上歩むごとおとぎの国か湖上のウロン

（チチカカ湖奥地のタキーレ島）

子どもらが船着き場にて群れ集ひ「カラメル！」とせがみ胸痛みをる

（チチカカ湖奥地のタキーレ島）

坂道はゆるやかなれどタキーレは空気薄くて歩み運ばず

（チチカカ湖奥地のタキーレ島）

トウモロコシ刈り取りてあり畑中にその小ささに古代種偲べり

タイ・カンボジア旅行（二〇〇二・七～八）夫婦旅

タイのアユタヤやカンボジアのアンコールワットなどの遺跡は、いつかぜひ訪れてみたいと思っていた。

幸い、旅行社の企画に「個人ツアー」のタイ・カンボジア旅行があった。夫婦二人だけのツアーの実現！　だが、天は時に「意地悪」である。妻が、こともあろうにタイ・バンコクに着いて間もないころに、ぎっくり腰を発症して動けなくなったのである。どうやら、長時間のフライトに加えて、ホテルのベッドのあまりの「柔らかさ」が原因だったようだ。どうすべきか相談の結果、「歩けない」彼女は回復を期してホテルに居残り、私だけがスケジュール通りのツアー巡りをすることになった。ホテルには固いベッドはないということなので、敷布の下にベニヤ板を敷くという苦肉の策となった。結果、彼女はそのベニヤ板のベッドで数日を過ごすことになった。

タイもカンボジアもすべて、当地の旅行業者が用意した車での移動である。場所が変わっても、通訳と運転手の二人が常に私一人のために応対するのである。まるで、国賓のような旅である。しかし、どこに行っても、バンコクのホテルに残った妻のことで気が気でなかった。「観光」に没頭できない、まことに「恨めしい」旅となった。けっきょく、妻のぎっくり腰はツアー終了時にも歩けるまでには回復せず、帰りの飛行機便は「ビジネスクラス」に変更し、空港での飛行機への乗り込みも「車いす」頼りだった。あれほど柔らかなベッドしかないホテルを選んだのは旅行社である。そのことにいっさいの「責」を負おうともせず、その上、航空便クラス変更に伴う追加料金を余計に取った上に、ツアー保険の「適用」にも応じなかった。わが国ナンバーワン旅行社の「無責任」「傲慢」だろう。後味の悪い旅だった。

結果的には「独り観光」になってしまったが、旅の印象としては、やはりアンコールの遺跡群の素晴らしさが一番だった。中心的な施設である王朝の「国都寺院」であるアンコールワットは圧巻だった。世界最大の石造建築、世界遺産。一二世紀に築造され、王朝の変遷で一五世紀に放棄されている。その後一六世紀に別王朝の手が加えられている。一七世紀には、日本人・森本一房の一行が訪れ、寺院内の石壁に「御堂を志し数千里の海上を渡り…」の墨書を残した。それは今でも保存され、観光対象の一スポットになっている。当時の日本では、このアンコールワットが「祇園精舎」と考えられていた。森本らが作成した実測図の「題」も「祇園精舎図」とされた。近代になって当寺院が世界に知られるようになったのは、フランス人のアンリ・ムーオが一八六三年に雑誌でスケッチ入りの紀行文を発表してからとされる。

アンコール文明は、ヒンズー教の信仰を背景とし、その東西南北の方位を重視する「世界観」によって都市や王宮、寺院が建造されている。

この王朝が数世紀わたり、高度な農業を背景に発展していたことは、東西の巨大なバライ（貯水池）と網の目に整備された用水路の遺跡からも窺える。現存するバライのひとつ「西バライ」は東西八キロメートル、南北二キロメートルの巨大さで、ここも観光名所になっている。

念無しやギックリ腰に見舞われて妻怨みをるベッドの柔はさ
（バンコクのホテルにて）

大病院診察受けど改善なし歩行叶わず妻床に臥す
（同）

妻残し独り案内《あない》の小型バスアユタヤ行きや固き旅程に
（アユタヤ）

水鏡仏塔映す故宮池蓮は語らむ古都の歴史を
（スコータイ）

林間の瀟洒な高床レストラン独りランチの寂しくてあり
（同）

（カンボジア、シェムリアップ）

冷房の空港出ればいと暑し亜熱帯ぞよシェムリアップは

（西バライ湖）

息きらし丘に登れば夕陽映ふ巨大貯水池西バライかな

（アンコールワット）

朝のしじまアンコールワットは陽を背負ひ名画も及ばじそのシルエット

（同）

森林に埋もれし最大石造の王朝寺院や栄枯盛衰

（同）

ヒンズーの信仰証《あか》せり回廊の長き壁にぞ神話彫りたる

（同）
江戸の期に「祇園精舎」と訪ね来し邦人墨書壁に遺れり

（アンコールトム）
バイヨンの寺院の石塔菩薩像その面《おも》は皆妻に覚えり

（シェムリアップ郊外）
田園のインフラ未だしヒヤヒヤと小川渡れり材木二本

（バンテアイ・スレイ）
大勢の人満つ林間《はやしま》「東洋のモナリザ」見むとバンテアイ・スレイ

（タ・プロム寺院）
石遺跡妖魔のごとく抱えこみ咆哮せるごとガジュマル聳えて

（シェムリアップ空港）

別れ際案内《あない》の二人の現地人残れる紙幣喜びて受く

玲子定年前退職（二〇〇三・三）

妻玲子は、「人となり」にも記したが、中学校教員として生徒本意の教育に献身してきたと言っても過言でない。大学卒業後すぐから三五年にわたって勤めてきたが、定年を前にして五八歳で自主退職した。教職員組合の活動をやる人間でもなかったが、教員を囲む行政的環境が年々「教育の原点」から離反してゆくことに大いなる「疑問」を感じていた。授業以外に生徒に触れることもなく、職員室で「文書」作りに汲々としている同僚教員たちの「現場」の実態、そしてその動向の改善に配慮もしない管理職教員…、彼女は、もはや「自分の居るべきところでない」と判断したのだった。彼女は、けして退職の「要因」を私に語ろうとはしなかったが、私が所属していた大学の現場もまったく同様だったから、容易に想像できた。すでに軽視できないほどの「教員不足」に悩まされているが、その最たる要因は「政治・行政の教育支配」にあるのだろう。きっと、将来その影響は、この国の「凋落」という結果として顕現することだろう。

二年余し妻退けり学苑よ問題の深さわれも解せり

教育に情愛注げし人なればその決心はいかばかりなる

数年の苦悶が去りて妻の面輪心なしかや柔和になりて

宝登山の蠟梅花見（二〇〇五・二）夫婦旅

以前、何かで見た、枝々いっぱいに咲いたまっ黄色の蠟梅の花に惹かれた。紅梅・白梅は身近に見ることは多いが、この「黄色の梅花」はそれほど見る機会はない。ほんとうは、「梅」科の花ではないそうだ。中国渡来の木。雪の降る季節にも開花することから「雪中四花」のひとつに数えられてきたという。

芥川龍之介は自宅の庭に咲くこの花をたいそう好んだといい、その俳句が残っている。

蠟梅や雪うち透かす枝のたけ

蠟梅の花言葉は、「奥ゆかしさ」「愛情」「慈愛」とか。夫婦で鑑賞に出向くのは格好の花か。いや、これは、あとからの「こじつけ」！

秩父・宝登山の蠟梅は有名でこの開化の時期は来場者も多いという情報もあったので、早朝に家を車で出立し、午前九時には麓のロープウェイの駅に着いたので、たいして待たずに乗り込み、目指す山頂に着くことができた。帰路、ロープウェイの乗り場には長蛇の列ができており、「早起きは三文の徳」と、夫婦で顔を見合わせた。

相慣れの汗して登れば蠟梅の黄金の郷は香ぞ漂ふる

蠟梅の咲き誇る山上風凍みて秩父の街に陽降り注ぐ

長瀞は春浅くして水かさの少なくてあり岩底透け見ゆ

熱川・稲取温泉旅（二〇〇七・三）夫婦旅

寒い冬を過ごして三月になり、「温泉で温まってゆっくりしたい」という単純な旅の発想で、その昔義父も含めた家族全員で訪れたことのある、熱川・稲取の地を選んだ。あるいは、その前回に泊まった旅館の食事で出たキンメダイの煮つけの旨さが忘れられなかったという、「食いしん坊」の欲が一番の「動機」だったか？

夕陽浴びさざ波キラキラ輝きて平和なるかな伊豆の海辺は

（熱川）

宿の夕餉「湯より金目」とのたまへば呆れ顔して妻の箸止む

（同、旅館にて）

（稲取）
歩くほど圧巻なりや吊るし雛誇らし発祥稲取の街

（日本仮面歴史館）
伎楽・舞楽・田楽・狂言五百面自作と聞きてただ驚けり

（伊豆急車中）
早春の出湯愉しみ帰路車中妻呟けり「新婚のよう」

義妹柳原和子逝去・散骨（西伊豆・松崎）（二〇〇八・五）夫婦旅

癌の再発で永らく闘病していた義妹の柳原和子がとうとう他界した（三月二日）。自らの癌闘病の体験に基づいて著わした『がん患者学』（二〇〇〇）や『百万回の永訣』（二〇〇五）などは、あらためて文庫本になるほど高い評価を得ていた。彼女の遺言で、遺骨を分骨して西伊豆・松崎の海に散骨することになった。彼女が生前、松崎の帰一寺の尼僧住職と親しくしており、松崎の海に格別の「思い」があったのだろう。

松崎漁業組合に電話して散骨の依頼をした。とても丁重に対応してくれ、「権助丸」がその任に当たってくれることになった。われわれ夫婦には、初めて訪れる土地だった。散骨も初めての経験で、四九日の法要が済んだのち、遺骨を業者に頼んで「粉状」にしてもらい、水に溶ける「包装紙」でいくつかに分ける準備をして当地に出向いた。

松崎の海を浄土の入口と定め置きたる義妹《いもと》愛おし

風凪ぎて海は鎮めど天もまた涙隠すか雲拡がりて

初めてのこととのたまふ船頭の舵取る面《おも》は神妙にして

妹との今生の別れわが妻は涙目をして骨包み撒く

湾の潮流れに処々《しょしょ》の骨包み浮きてはただに沈み消えゆく

船頭の妻の情けぞ沁み至る船跡《ふなあと》漂ふ百合の花束

湾口で幾度も大円描きつつ和子送れり権助丸よ

船降りてわが妻そっと呟けり独りになれりわが一族は

長歌「我ら宇宙（そら）を翔びて遊ばむ」（荒井宏範君を悼む）（二〇〇八・六）

大学の教養学部時代の友人・荒井宏範君がまだ六〇代の若さで亡くなった。少し前に、荒井君は自ら率先して教養時代の初「クラス会」開催の準備をしてくれた。元気に見えた。そしてすぐ後で彼が肺癌で「ホスピス」に入院したとの報に接した。二〇〇八年四月だった。「そうか、彼は自分の病を思い、旧友たちとの再会を果たしたのか」、私は彼のその思いが胸にこたえて彼を見舞った。柳原和子の『がん患者学』を携えて。彼はベッドで言った。「この本のことは知っていたけど、まだ読んでなかった。ありがとう、これを読んできっと元気になるよ」と笑顔だった。そしてこんな話をしてくれた。教養学部時代の体育の授業時間に彼が貧血を起して倒れた時、後の授業を放棄して私が彼を電車とタクシーで自宅まで送ったのだと。私はまったく覚えていなかった。当り前のことをしただけだったからだろう。彼は続けた。「君とは何か縁があるんだよね。ありがたかったから、僕は忘れてないよ。こんども『がん患者学』ありがとう」。

その後二ヵ月も経たない六月に彼は帰らぬ人となった。「まさか、そんなに早く…」。彼は自分の病のことをよくよく承知していたのだ。考えてみれば、普通の病院ではなくホスピスだったのだから…。私の見舞いに、彼は最大の元気と笑顔で応対してくれたのだ。そんな彼を心底悼む思いが湧き、自然と「歌」を詠ませた。まさに挽歌というのだろう。

義妹の和子が亡くなって幾程も経っておらず、最後の肉親が逝って落ち込んでいた妻を身近に見ていたので、ご遺族のためにも「湿っぽい」哀悼歌にはしたくなかった。私自身、初めて試みた長歌である。葬儀に間に合うようにプリントし、遺族の夫人にお届けし棺に納めてもらった。また、その年の秋に開かれた二度目のクラス会は、荒井君追悼の趣となり、私はこの哀悼歌を「歌」の本義に基づいて「朗詠」して旧友たちに披露し、哀悼と友情の「想い」を共有した。

大学教養時代のわれわれは、第二外国語・ロシア語のクラスだった。世界に先駆けて、一九五七年に人工衛星スプートニク一号が打ち上げられ、六一年にはガガーリンの乗り込む衛星が宇宙を飛んで帰還し、人類が初めて「宇宙旅行」を成し遂げた。彼の「地球は青かった」は有名な言葉。そんなソ連の科学技術の高さは世界を驚かせた。理系の若者たちは、当時進んでロシア語を学びその科学技術の「先進性」に触れようとした。数学の分野でも、ソ連の数学者が著した『スミルノフ数学教程』なる翻訳書まで出版された。私も、バイトで貯めたお金で買い込んだ。まじめに読まなかったのでその「真髄」を理解しなかったせいか、それほど感銘を受けなかったが…。

荒井君を悼む歌は、そんな学生時代を回顧しつつ、戦後の「成長期」を支えたわれわれ世代の「社会的存在」に思いを致し、そして人生ひと区切りし頭霜雪となった者として、これからはホモ・ルーデンス「遊び子」として、亡くなった彼に「独りではないよ」と呼びかけ、ともに皆で宇宙を翔んで遊ぼう、との趣旨を詠んだものだった。

旧友の哀悼に「長歌」をと思い立ったのは、おそらく、かつて『万葉集』全四五〇〇余首に目通しした時に多くの「長歌」に接して感銘を受けたことが心の隅にあったからだろう。

遥かなる　時遡る　若き日々　我ら集ひし　駒場なる　学びの庭は　緑香《みどりかぐは》し　美味《うま》し気満つ。ひさかたの　天《あめ》深くして　人造る　衛星《ほし》にぞ　人の乗り込みて　大いなる　科学の力　尊《たっと》びつ　かの国の　まずは言の葉　学ばむと　坦懐に　望み抱ける　我らありけり。世の中は　戦《いくさ》に敗れし　貧しさを　やうやうに　超えつつありて　なかなかに　平らけく　安らけくなく　学び舎も　おうおうに　諸人集ひて　喧喧《けんけん》と　気色ばみてや　談論の　風も烈しく吹きゐたり。しかあれど　我ら若人　その時代《とき》を　魂《たま》を込め　健気に日々を

辿々《てんてん》と　生き抜きてあり　後の世に　六十年代　若者の　文化の花ぞ　開けるとや。

マルクスや　毛沢東や　ブルトンや　ベケット　ニザンに　マラルメや
メルロポンティ　読み耽り　活字の海に　溺れつつ　はたまたジャズに　囚われて　サッチモ　ブレーキー　コルトレーン　本家のものは　ＬＰで　生演奏は　新宿の　ジャズ喫茶にぞ　こもりをり　紅テント　天井桟敷の　アングラも　小屋を駆けては　したり顔　実写映画も　前衛の　ＡＴＧの劇場に
財布眺めつ　通ひたる　遊び心は　千々に移ろふ。

時を経て　還暦超えて　霜雪の　頭《かしら》そろへて　再会の　我ら変はらず　人の性《さが》　駒場に措きし　青春の　失策語りて　呵々としつ　ふとしみじみと越し方を　振り返へ見れば　つくづくと　信ずる道を　宮仕へ　明け暮れてあり　忠実《まめ》やかに　尽くしてやあり　さればいま託すぞやよし　後世に。
時代《とき》移り　新ミレニアム　おのがじし　在り来たり　在らせらるるを　問ひければ　新たなる　己をこそや　覚えけれ。
幾億の　銀河の浮かぶ　宇宙なる　塵集まりて　有機たる　物質《もの》の変はりて　生命《いのち》ぞや　生まれし神秘　我ら担ひつ。さあれば　我ら等しく　宇宙の

子　むばたまの　闇のなかにぞ　たまさかに　麗雅に青く　浮かびをる　いとしききはみ　この星の　子とぞなりける　たまさかに。

我ら誇れる　モノ超えて　精神《こころ》なる　涯てなき世界　描きもつ　そは想像力とや　呼ばれたる。想ひ入れ　天馬跨り　我ら翔ぶ　羽ばたき遊ぶ　妖しくも　深きしじまに　厳《おごそ》かに　色を染めてや　囲繞なく　拡がる宇宙《そら》の　いかほどに　すばらしきかや　それぞれに　我ら競ひて　語らはむ　我ら競ひて　かく遊ばむ　ホモ・ルーデンス　我ら遊び子　精神《こころ》の遊び子。かく宇宙《そら》を　翔びて遊ばむ　君と遊ばむ。

反歌

文字の海溺れつつなほ青春はジャズにアングラ求めさまよふ

若き日に遺こせる失策呵々として変はらぬ我ら頭霜《かしら》雪

大小の銀河尽きせぬ宇宙《そら》翔ばむ我ら遊び子君と遊ばむ

和子を偲ぶ会（京都東山・法然院）（二〇〇九・三）

義妹・和子の三回忌を期して、彼女の親しい友人たちが中心になり「偲ぶ会」が催された。所は、和子が生前通った京都東山の法然院だった。まず、釈迦如来像が鎮座する堂で法要が営まれた。如来座の周りには深紅の椿の花びらが同心円状に床に敷き詰められていた。いったいどれだけの椿の花が必要だったろうか。こんな法要の場の「設《しつら》え」もあるのかと、感心した。和子にふさわしい雰囲気だった。

法要の後、場を院内の畳の大広間に移して「偲ぶ会」が開かれた。大勢の和子の友人・知人が、在りし日の和子との交誼の逸話を語り合う場になった。ほとんどの人が涙ながらに故人を偲んで語った。

東山の山裾にある法然院から少し下ると、琵琶湖疎水である白川の清流が流れ、それに沿う「哲学の道」は、あいかわらず散策を楽しむ人があった。この小道の名称は、哲学者の西田幾太郎や田辺元らが好んで散策していたことにちなみ、地元住民組織が保存運動に当って「哲学の道」と命名したといわれる。

朗々と読経の響く如来座にほの暗きなか散り椿咲く

諸人《もろびと》の涙の縁話《えにしわ》届かばや西方浄土にいます義妹《いもと》よ

柔ら陽を照り返しゆく清流に魚影追ひたり哲学の道

スペイン・ポルトガル旅行（二〇〇九・九）夫婦旅・ツアー

スペインは何かと縁のある国だった。私の妹・具子がマドリード大学に長年留学しており、一九七一年に彼女を訪ねたこともあった。一九八二年の「国際人間環境学会」（ＩＡＰＳ）の開催地はバルセロナ大学で、私も発表者の一人として参加した。日本が最初のサッカーＷ杯に出場した「一九九八・フランス大会」では観戦ツアーに加わり、ツールーズでの初戦に当たっての宿泊地が何とバルセロナだった。

妻の玲子は大学でポルトガル語を専攻したのだが、ポルトガル本国を訪ねたことがなかった。ちょうど、スペインとポルトガルを訪ねる旅行社の十日間ほどのツアーがあった。しかも、往復の飛行機便はビジネスクラスで全体の料金も割安だった。二人ともすでに退職していたので、スケジュールに何の支障もなかった。イギリスのヒースロー空港で乗り換え、バルセロナに飛ぶ飛行便だったが、ともにブリティッシュ・エアウェイズ（ＢＡ）便だった。

現地に着いてからの移動手段は、スペイン内もポルトガル内もすべて同じバスという、たいへんな「長距離旅行」だった。ただ、このバスが、運転手氏の言うには「ヨーロッパに二台」というデラックスバスで、座席は完全にリクライニングでき、横の座席並びは通路を挟んで「２＋１」の三席という、ゆったりした居心地だった。

最初の土地バルセロナは今回で四回目、「勝手知ったる」所でもあった。私にとってのバルセロナは、何といっても建築家・ガウディの優れた作品群を堪能できるのが魅力だった。それらは何度見ても、見るたびに新たな「発見」があった。彼は、建築屋の端くれである私が唯一「脱帽」した尊崇すべき建築家である。彼のどの作品も、私には思いつかない「創造性」「造形性」に満ちているのだ。ことに、サグラダ・ファミリア教会は未完のまま逝った彼の後を受けて、延々と完成に向けて建造が続いており、訪れるたびにその「様相」を新たにしているのが興味深かった。

今回のスペイン内の訪問地は、州名、カタルーニャ・マドリード・カスティーリャ・アンダルシアで、私には以前ほとんど訪れていたところだが、妻にとっては初めてで彼女はつねに興味津々の様子だった。

ポルトガルは私は二度目の訪問だったが、とくにオプション・ツアーで出向いたユーラシア大陸最西端のロカ岬は初めてだった。断崖の上から地平線まで遮るものがない広大な大西洋を一望したことは、そこに建てられた記念碑に刻まれた大詩人・カモンイスの「地果てるところ」の名句とともに、ひとしお感慨深かった。

ヨーロッパまでの遠距離移動（飛行機内での長時間滞留）、そしてバスによる二国全体長距離移動と、乗り物依存の「長旅」だったが、幸いに玲子はタイでのように「ぎっくり腰」にならずに済んだ。初めて体験した座席が平にベッド状になるビジネスクラスと、ヨーロッパに2台しかないというデラックスバスの「恩恵」だったか…。

ツアー参加者は中高年のカップル一五組で、帰国後、「これを誼に親睦会を」と音頭をとってくれる方が出て、しばらく皆さんの交流が続いた。「会」の名称は、ツアーで皆が「実物」を前に感銘を受けたピカソのあの名画にちなんだ「ゲルニカの会」であった。

（飛行機のなか）

初めてのビジネスクラスのＢＡ機いと安らかな妻の寝顔や

（ヒースロー空港、乗り換え控室）

待合室飲食《おんじき》書冊豊かなりヒースローにてしばし憩へり

（バルセロナ、サグラダ・ファミリア）

天を衝くあまたの塔が立ち並び街の主役ぞサグラダ・ファミリア

（同）

ガウディは思ひの丈を込めてしが未完で逝きていかな無念や

（同）

石像の群れなす「受難」のファサードや魂《たま》射貫かれし超建築ぞ

（同）

ガウディはいかに見るかや「抽象性」ますます進む時《いま》の建造

（パルケ・グエル公園）

パルケ・グエル平日も人びと群れて昔日の静かな空気懐かしみをる

（同）

陶破片貼りこめ曲線描くベンチ女優のごとくポーズとる妻

（マドリード）
内陸のマドリーはまだ夏模様汗拭ひつつ妻と連れ立ち

（同、プラド美術館）
プラド美術館時を忘れて聴きほれる飽かぬ説明邦人ガイド

（同、ソフィア王妃芸術センター）
わが妻は「ゲルニカ」見入って時止まるピカソの思ひ受け止めをるか

（ラ・マンチャ、コンスエグラ）
丘の上登り来たれどラ・マンチャの風車廻らず凪の晩夏よ

（同）
ブロンズのドン・キホーテに腕組みし妻はその気のドルシネア

アンダルシア地方は、イベリア半島に勢力を張ったイスラム教のモーロ人（ムーア人）が、キリスト教徒のスペイン人による「失地回復闘争」（レコンキスタ）に対して最後まで抵抗した土地である。街並みや教会などは今も「イスラム風」の様式が色濃く残っている。

「ロマンセ」（スペイン伝承歌謡）は、このレコンキスタの「武勇伝」「英雄伝」を中心に各地に伝わるという（三村具子『ロマンセ――レコンキスタの諸相』彩流社　一九九五）。

とくにモーロ人最後の王朝となったアルハンブラ（アランブラ）宮殿に拠るグラナダは、その高度な宮殿文化のゆえに、レコンキスタによる破壊・損傷を免れたという。（前出、三村具子文献「アベナマルのロマンセ」）。

（アンダルシア、コルドバ）

蛇行するグアダルキビル河向ふ家々白し陽光浴びて

（同）

コルドバのイスラム風情のレストラン生ハム満つるタパスよ旨し

赤白にアーチ塗り替えメスキータ情意偲ばるレコンキスタよ

（同、メスキータ寺院）

大聖堂街の顔とぞ聳え立つ「初ルネサンス」誇れるごとく

（グラナダ）

スペインには比較的多くの「流浪の民」とされてきたジプシー系の民が多い。インドを発出した彼らは長い時間をかけて西方のヨーロッパ方面に移動した。「西方にある理想郷」を求めたという信仰上の動機によるという説もある。スペインは、ヨーロッパ西端のイベリア半島の国として、彼ら流浪の民が辿り着いた最後の土地であったか。フラメンコはもともと彼ら流浪の民の音楽と舞踊が起源である。ジプシーなどの呼称は差別的ニュアンスがあるとして、一九七一年の「世界ロマ会議」で「ロマ」の呼称に統一することが決議された。

ロマ人《びと》の住みし洞窟ダブラオや満席興ずフラメンコの夜

（同）

（グラナダ、アルハンブラ宮殿）
アラベスク漆喰細工のナスル宮精を究めるイスラム文化よ

（同）
アランブラ宮殿庭師の技冴えて巡るほどにぞ心で喝采

（同）
今もなお見事な噴水列をなし滅びし文化の高きを伝ふ

（ミハス）
原宿を思はすミハスの街はずれしばし憩ひし無人闘牛場

（ミハス隣接地区、コスタ・デル・ソル）
白壁の家々陽を受け埋めつくす丘の斜面やコスタ・デル・ソル

迷路ごとサンタ・クルスの旧市街みやげ探しに小店漁れり
（セビージャ）

運転手自慢のバスに横たはり続きに続くオリーブ畑よ
（ポルトガルとの国境付近）

ローマ期の水道見むとて猛暑下を早足で行くツアーよ哀し
（ポルトガル、エヴォラ）

ディナーショー義父の好みしファドを聴くトリの女性の哀愁ぞ沁む
（リスボン）

ポルトガル大航海期の誇りをば高く掲ぐや「発見のモニュメント」
（リスボン郊外、テージョ河畔）

既述のポルトガル史上最大の詩人・戯曲家とされるルイス・デ・カモンイスは、ポルトガルが世界に先駆けてアジアや南米にその「影響力」を発揮した「大航海時代」を自ら軍人として体現した人物だった。インドやマカオにまで足跡を残している。一五七〇年に出版された『ウズ・ルジアダス』は、この大航海時代の先駆者ヴァスコ・ダ・ガマらを称賛する一大叙事詩として有名である。カモンイスは、テージョ河畔のジェロニモス修道院内の大きな石造の棺に納められて眠っている。外国元首などがこの国を訪れた時には、この棺に献花するのが習わしという。

（リスボン、ジェロニモス修道院）

棺前ポル語修めし妻は説く懐かしげにやカモンイスの詩

ユーラシア大陸最西端のロカ岬には、それを証すように大きな石碑が建っている。そこにあのカモンイスの『ウズ・ルジアダス』の有名な一節「ここに地果て海始まる」が刻まれている。前後の詩文を引用してみる。

わが王国ルシタニアは　このヒスパニアにあり
全ヨーロッパの頭、すなわち頂の位置を占め

そしてここに陸は果て　海が始まる
また　ボイポスが大洋で憩う地でもある

（註：ボイポスはギリシャ神話の太陽神アポロンの別名）

なお、ロカ岬のインフォメーション・センターでは、手書きでこちらの氏名を書き入れた「ユーラシア大陸最西端到達証明書」を発行してくれる。ポルトガル語の筆記体で書かれた、いかにも証明書らしい書類である。当地を訪れた記念として、帰国後、ガラス戸のある本棚に収めて飾った。

（ロカ岬）

海原は遠く拡がり朱き帯入陽は映えて「地果てる」岬

（同）

断崖《きりぎし》を見下ろす石碑の前に立つ妻赤らめり夕陽を浴びて

関西旅行（竹生島・長浜・彦根・結崎）（二〇一二・五）夫婦旅

私は二〇〇六年三月に六三歳で長年勤務していた大学を定年退職した。退職後は現役時代に地元を通る高速道路の拡幅計画に対して「終の棲家」の環境悪化を心配する多くの沿線住民の一人として事業者に適切な沿線環境保全策を取るよう求める住民運動に関わっていた。「必要に迫られた」運動参加だった。それは「親方日の丸」の事業体相手の永く続く辛抱強い「対外的な」活動だった。

一方で、三五年に及ぶ永かった大学での「業務」から解放された身として、それまでできなかった「個人的な（対内的な）」活動への欲求も芽生えていた。それはすぐに明確な「姿」をもって現れるものでもなかった。いわば、趣味の世界への欲求のようなものだったから、「選択肢」は多様だったということもあっただろう。

結果的に、私が選んだのは「能の世界」だった。何がそれを選ばせたのかは、あまり判然とはしなかった。ただ、私の半生のなかで心の隅に「引っかかって」いたことがあった。それは、小学五年生のころ、父親が仕込もうとした謡曲の稽古のことだった。父は戦前の若いころ観世流の謡曲の稽古を長年やっていたようで、ある時、突然私に「これから謡曲の稽古をやる」と言い出して、見台と扇と謡本を目の前に揃えて、「橋弁慶」の謡いを「指導」し始めたのだ。「予兆」がなかった訳ではなかった。その何か月か前に、父は私を能楽堂に伴い能鑑賞をしていた。多分紅白の獅子が複数出てきて舞う曲だったから、それは「石橋《しゃっきょう》」だと思われる。獅子舞なら子どもにも解りやすいと思ったのか…。

だが、遊び盛りの小学五年生にとって、畳に正座して小一時間じっとしている稽古は苦痛以外の何ものでもなかった。友達が遊びに誘いに来てもその稽古のときは、「いまは遊べない」と断ることもしばしばだった。父が私のためにと選んだであろう「橋弁慶」。あの五条の橋の上で、弁慶が牛若丸に挑んで降参する、子どもにもよく知られた内容である。半年ほど稽古は続いただろうか。

「三つ子の魂百まで」、この齢になっても、その「謡い」は口をついて出てくる…。

〽**これは西塔の傍らに住む武蔵坊弁慶にて候。われ宿願の仔細あって、丑の時五条の天神へ詣で仕り候…**

私は、ついに辛抱できずに、無断で稽古をサボったのである。サボったというより「逃げた」と言った方が正確だったろう。父は怒らなかった。遊び盛りの子どもには謡の稽古は難しいと思ったのか、あるいはとても「見込み」がないと思ったのか、父は何も言わずに私に稽古を強要することもなく、稽古は「自然終了」となった。

後世、私の心の隅にあったのは、「父が指導してくれた稽古から逃げてしまった」「せっかくの父の期待に応えられなかった」「申し訳なかった」という後悔と慚愧の思いであった。子を持つ親になり彼らへ配慮をするようになればなるほど、父親への改悛の念は深まっていったようだった。

永年隅にあったそんな「思い」が、私を「能の世界」に近づけたのではなかったか。二〇一〇年に私はプロの能楽師に就いて「謡曲・仕舞」の稽古を始めるのだった。

初期の稽古の対象の曲に「竹生島」があった。古代より神体島として崇められてきた島。海にも喩えられた日本一の湖である琵琶湖の主・龍神を称える脇能の代表曲である。琵琶湖の情景を謳ったその代表的な詞章の部分は、謡いには実に「小気味いい」ものである。

〽所ハ海乃上。所ハ海の上。國ハ近江の江に近き。山々乃。春なれや花ハ宛《さなが》ら白雪の降るか残るか時知らぬ。山ハ都乃富士なれや。なほ冴えかへる春の日に。比良の嶺颪《ねおろし》吹くとても。沖漕ぐ舟ハよも盡きじ。（中略）竹生島も見えたりや

琵琶湖（淡海の海）と竹生島という歴史にも名を留める「場」への関心と、この曲の詞章の「特異さ」への疑問もあって、竹生島参りを主目的とした旅を夫婦で行うことになった。

それをもとに、私は自身が書き溜めていた「能楽随想」で「竹生島に詣でる」という一文を書いた。その文の末尾は柿本人麻呂の歌で締めた。「淡海の海夕波千鳥汝が鳴けば心もしのに古へ思ほゆ」。

竹生島へは、東岸のまち長浜からの定期船で渡った。一六五段もの石段を登った先に弁財天を祀る西国巡礼札所三〇番・宝厳寺の立派な本殿がある。本殿から反対側の階段を降りると、京都東山の秀吉を祀った豊国廟から移築した国宝・唐門と舟廊下があり、それを通り抜けると竹生島神社の本殿に出る。神社前には八大龍王拝所があり、琵琶湖を見下ろす展望が開け眼下の鳥居を目がけ願掛けの「瓦投げ」もできる。

竹生島から長浜に戻り、彦根に足を運んだ。桜田門の変で暗殺されたあの井伊大老が城主だった彦根城は、松本城などと並んで国宝になった姿もいい城で、この町の欠かせないシンボルである。

翌日は、奈良県の結崎を訪ねた。観世発祥の地とされるところである。この地に今は面塚公園があり、その中に、それぞれ「面塚」と「観世発祥の地」の石碑がある。これらは、近くを流れる寺川の改修（昭和三〇年）に伴い最終的に現在地に移設された。

「面塚」の由来は、こうである。猿楽・結崎座の座頭・清次が京都での御前演奏の成功を祈願して糸井神社に日参したところ、ある日天から面とネギが降ってきた。その面を被って御前演奏に臨んだところ、大好評を博して猿楽役者として大成するきっかけとなった。清次こそ観世流の祖・観阿弥清次である。ネギは「結崎ねぶか」という特産物として今に伝わる。

この旅は、いわば「能の故地巡り」といえるものだった。

（琵琶湖船上）

広き湖《うみ》鈴鹿や比良の山並みを拝めつ波間に島影の見ゆ

（竹生島）

息切らし石段登りやこれやこの札所の試練か巡礼ならずに

（同、宝厳寺））

弁財天座主はいずれか影薄し達磨居並ぶ本堂の裡

（同、唐門）

彫り物が四周を飾り秀吉の威光よ裡に千社札満つ

（同、舟廊下）
東柱並びて支へる空中廊厳と進めり龍の社《やしろ》へ

（同、八台龍王拝所）
龍王の拝所に満つる奉納額能の初番はみな「竹生島」

（同）
拝所にて湖《うみ》見渡せば遥かにぞ水平線に雲のみぞ浮き

（同）
「祭り女《め》」の妻は勇みて瓦投げ鳥居潜らず頬膨らまし

（琵琶湖船上）
頬よぎる風冷ややかに航跡の先に消えゆくかの島影よ

今の世は住み難《かた》しかや淡海の海夕波千鳥影ひとつなし
（同）

北國の街道結ぶ宿場町ひとときは異彩の黒壁の店《たな》
（長浜）

大老を果たせし主のなき今もその城凛と国の宝や
（彦根）

城望む大池傍《はた》のカキツバタ並び微笑む妻も若見ゆ
（同、玄宮園）

人気《ひとけ》なき社《やしろ》巨木の頂に雛育《はぐく》むかアオサギとどまり
（奈良県川西町、結崎、糸井神社）

（同）

清次が通ひし社寂として「能」の盛衰見守りをるか

（奈良県川西町、結崎）

天神は願ひに応へ降らしたり面とねぶかを結崎の郷

（奈良県川西町、結崎）

寺川が縫ふ田畑は拡がりて猿楽の往時いまに偲べり

（同、面塚公園）

大木の楓に抱かれ粛々と巨《おお》き石碑や「観世發祥地」

尾瀬行き（二〇一二・一〇）夫婦旅

「尾瀬愛好者」の妻。家族や夫婦で尾瀬を訪れたのは二〇回以上になる。

積雪数メートルにもなる冬はもとより入山は許されないが、春・夏・秋の尾瀬は、それぞれ異なる「顔」で迎えてくれる。尾瀬ヶ原と尾瀬沼・大江湿原地域とでは標高差が約二〇〇メートルあるので同じ時節でも咲く花も違い、表情が異なって妙である。また、東西に聳える燧ケ岳と至仏山の山頂からの眺望は、眼下の情景も四周の遠望もそれぞれに異なってすばらしい。

こうしてわれわれが尾瀬の自然を満喫できるのは、明治期以来命を張ってダムや自動車道の建設に反対して闘ったあの平野家三代の長蔵・長英・長靖の「不屈の精神」のお蔭である。

二代目・長英が建立した「長蔵小屋」は今も健在で多くの尾瀬愛好者の拠り所となっている。私たち夫婦も、尾瀬沼地域に行ったときには、「柳蘭の丘」の平野家の墓前で手を合わせることにしている。弔いというよりも、むしろ感謝の念そのものからである。

二〇二一年は三代目・長靖が逝って五〇年目にあたり、私は、この三代の不屈の闘いについて小文を書いた。「尾瀬自然保護運動を回顧する（平野長靖没後五〇年）」。彼らの闘いがあってこその尾瀬であることを、この地を訪れる人たちがいつの時代も心にとどめていてほしいと思ったからである。この小文を収載した書物を長蔵小屋の当主である長靖の未亡人・紀子氏に謹呈した。氏からは、長蔵小屋が発行したご尊父・長英の「歌集」とともに、ご丁寧な返書をいただいた。長英氏の歌はどれも、尾瀬の自然への愛着に満ちている。行き慣れた尾瀬だったし、この二〇一二年秋が最後の尾瀬行きになるとは…。人の運命《さだめ》、神のみぞ知るということだろうか。翌年末ころから少々身体の不調を訴えていた妻だったが、翌一四年に癌が見つかり、その時はもはや「ステージ4」であった。この一二年の鳩待峠登りの「苦渋」は、今から思えばその「予兆」だったのだろうか。彼女自身、最も愛した場所だっただけに、この「最後の」尾瀬行きは、特別なものになった。

そんな妻の「尾瀬愛」への敬意の念をこめて、先の小文「尾瀬自然保護運動を回顧する」の文初に「尾瀬を歩く」という章を設けた。妻との同行を含めて、私の「尾瀬行き」の体験史をおおかた綴ってみた。その章の最後は、こう記した。「尾瀬の魅力は尽きない」。平凡な文言だが、きっと妻の尾瀬愛も、このシンプルなひと言に尽きるのではなかろうか。

鳩待峠下《くだ》りてゆけば錦秋の林にひとときはナナカマド燃え

もみの木を巻きて依りつくツルクサよいま赫々と独り立ちごと

説明板前に微笑み妻構へ鳴らす路傍のクマよけの鐘

この世をばわが世とぞや草紅葉赤褐色に原染めつくし

白樺は負けじと居並び壁のごとその葉誇れり黄金色して

ヒツジグサ小さき丸葉ら色染めて池塘の水面《みおも》賑はひにけり

われ見よと独りすっくとエゾリンドウ時忘れたか草紅葉のなか

木道の足元見れば整備多様東電ロゴや「環《かん》」の焼き印

湧く清水尾瀬の恵みぞわが妻は弥四郎のそを飲みて笑顔に

暮れなずむ湿原眺めつ二人ながら清水のコーヒー絶妙にして

相部屋にならず幸ひ離れ小屋狭きながらも二人して憩ふ

休みつつ帰路の登りやわが妻の苦渋の顔を初めてぞ見る

峠道登り終へてぞ面青く声も出でずに腰下ろす妻

東北震災視察（二〇一三・二）夫婦旅

二〇一一年三月一一日に東北地方を襲った地震は、マグニチュード9・0という関東大震災や神戸・淡路震災の規模を超える未曽有といってもいい強烈なものであった。近所に、気仙沼で震災復興に尽力している人を知人としている家があり、かねてよりぜひ現地の被災状況をこの目で確認したいと話し合っていたわれわれ夫婦は、その「知人」を紹介してもらい東北地方を訪ねた。

訪れた地は、気仙沼・陸前高田・松島といった被災地、それに加えて、せっかくだったので澤田ふじ子の小説『陸奥甲冑記』や高橋克彦の『火怨』で印象深かった阿弖流為《あてるい》を頭領とした蝦夷の討伐拠点・多賀城の跡を選んだ。二月の東北地方はまだ雪の残っている所が多く、北風も身を切るように冷たかった。地震襲来からすでに二年近い年月が経っていたから、道路や地盤の整備や仮設市場、仮設飲食街など復興のキザシは窺えたが、何といっても巨大な漁船が港の岸壁から数百メートルもの陸地に打ち上げられたままになっている姿は、地震の脅威・凄まじさと復興の容易ならざる現実を如実に語っていた。

宿泊したホテルも急ぎ開業したのだが「仮営業」といってよく、夜食は外食、朝食はよその給食業者から取り寄せたもので、味噌汁などは冷めたものだった。贅沢は言えない。皆、復興に向けて必死に取り組んでいる姿が印象的だった。

（気仙沼）

言《こと》出でず基礎のみ残り茫漠と枯草覆ふ跡地無惨や

（同）

船乗りの心情《こころ》思ふて立ち尽くす打ち上げられし巨船今なほ

（陸前高田）

人の世の末路浮かびし「無」の異界枕木もろとも線路は絶ゑて

（同）

天離《あまさか》る鄙《ひな》とは云へど果てしなく枯草覆ひまち消え去りて

高波の襲ひし映像甦る四階までの窓みな破れ

（同、廃墟のアパート）

胸熱しあまた幟の仮設横丁立ち上がらむと商人《あきんど》の意気

（気仙沼）

何事もなきがごとくに沈みゆく夕陽を浴びて裸地は拡がる

（同）

松島の湾のそここ島傷み津波の猛威歴として知る

（松島）

現在は瑞巌寺の境外仏堂である、松島湾の小島に建つ五大堂。もともとは、奥州遠征の際に坂上田村麻呂が建立した毘沙門堂が始まりとされる。現在の建物は、瑞巌寺再興に先がけて建長九年（一六〇四）に、伊達政宗が建立したという。東北地方に現存する最古の建物で国の重要文化財に指定され、またその端正な姿もあって日本三景のひとつ松島のシンボル的存在になっている。

（同、五大堂）
五大堂島の足元穿《うが》たれてなほ凛とせる再興の象《かた》

（同、瑞巌寺）
改装の大広間なる本尊の聖観世音いといかめしや

（多賀城址）
多賀城の跡に立ちゐて想い馳す追われ敗れし阿弖流為《あてるい》の無念

（同）
かくとだに種族根絶やし拘るる為政を今はジェノサイドと云ふ

坂東三十三観音巡り（二〇一三・二〜一二）夫婦旅・ツアー

結婚に苦労した娘に対して、妻は特に教員としての業務に忙殺され母親としての十分な役目を果たせていなかったのだと自責の念をつねに抱いていた。二〇一二年には、退職した後で時間に余裕もあって、彼女は単独で西武鉄道に乗って秩父地方に出向き、相当な時間をかけて「秩父三十四寺巡礼」を行い、嫁いだ娘の至福を祈願していた。

そんな彼女の単独行だったが、良くも悪くも世の中「便利さ」が売りの「巡礼のバスツアー」があることを知った。私は、巡礼などというものにおよそ縁遠かったのだが、そのツアーは、「秩父巡礼」とは別に関東一帯に拡がる「札所」を巡る「坂東三十三観音巡礼」というものだった。およそ一回日帰りで数カ所ずつを巡る、旅行会社企画のものだった。

私は、妻の提案に同調してそのバスツアーの「巡礼」に参加した。初回のツアーで旅行会社からは、巡礼先の寺で参加者全員が唱和するための「般若心経」の冊子と願掛け用短冊用紙などが配られた。

自分がこれから廻る札所やこの「観音巡礼」そのものについて無知でいるのは「畏れ多い」ことでもあるので、事前に少々調べてみた。

「坂東三十三観音巡り」の由縁は、けっこう古く鎌倉時代に遡るものだった。この「観音巡り」を設えたのはあの三代将軍・源実朝という。実朝は若くして疱瘡の大病を患うなど、病弱だったことから殊に信仰心が篤くなったといわれる。一二歳で法華経を学び、一五歳の時には一切経を転読し、二〇歳の時には鶴岡八幡宮で大般若経を転読している。実朝は鎌倉に建仁寺を開いた栄西の影響を受けて文殊信仰に熱心だったが、「知恵の文殊」よりむしろ「利他行の文殊」への志向が強かったといわれる。慈悲・慈善の心である。諸国を巡礼して民の救済に尽力した、行基の文殊信仰により近かったようだ。実際、行基が開祖と伝承される千葉・館山の那古寺（坂東三十三番結願札所）に七堂伽藍を寄進建造するほど、実朝は、行基と行基自身が刻んだとされる本尊・千手観音像とに帰依していた。

実朝が和歌を嗜んだのもよく知られている。一四歳の時に当時の高名な歌人・藤原定家に三〇首を送って教えを乞うている。彼の歌の集大成である『金槐和歌集』には、実朝の「利他行」の精神を表出するような歌や民に心を寄せる歌も見える。いずれも「雑部」に収載されている次のような歌である。

・「懺悔歌」という詞書の歌

塔をくみ堂をつくるも人なげき懺悔にまさる功徳やはある

・「心の心をよめる」の詞書の歌

神といひ仏といふも世中の人のこころのほかのものかは

・「建暦元年七月洪水満レ天土民愁歎きせむ事を思ひて一人奉レ向本尊聊致レ念と云」の詞書

時によりすぐれば民のなげきなり八大龍王雨やめたまへ

「坂東三十三観音巡り」は、そんな心根をもった実朝が、「西国三十三観音巡り」にあやかって設けたとされる。なるほど、一番札所の杉本寺に始まり四番札所の長谷寺までみな鎌倉所在の古刹である。

そんな「利他行」の歌人・実朝に時には想いを寄せながら、寺々を訪ねて一都六県を巡った。

巡礼の順序は必ずしも札所番号の順ではなく、バスツアーの「循環行程」に合わせたものだった。三三番結願所の那古寺は最後でなく途中で巡った。「般若心経」を声に出して唱和するのも初の体験だった。「般若心経」は、三蔵法師がインドから持ち帰ったサンスクリット語の経典を漢字で表現した「大般若経」六〇〇巻の真髄をまとめたものという。

初回の「巡礼」は二〇一三年二月、まだ肌寒い季節だった。

こうした巡礼バスツアーでまず感じたことは、車内の特殊な雰囲気だった。通常の観光ツアーなら、乗客はみな、これから訪れる名所・旧跡や風光明媚な土地柄への期待や日常から離れた解放感で、明るく陽気にそして賑やかに振舞っているのが常である。ところが、巡礼はそもそも願掛けが目的である。それぞれがなにがしかの「苦悩」「心配」を背負い、その「解消」「除去」への強い願いや望みを観音に託そうというのである。車内はいつも静まりかえっていた。時折、案内の「先達」が信仰絡みの話をするのみである。そうした車内空気は、いわば「同輩相憐れむ」といった感じだった。

最後の「御礼参り」は、慣例通りに長野県の善光寺と北向観音で行った。季節はもう冬になっていた。長野の冬はことさら寒さが凍みた。「巡礼」も結願やお礼参りまで体験してみると、雑念などが消え去り心が清澄になったように感じられたから「不思議」である。巡礼の功徳というものなのだろうか。

そういえば、般若心経の最後部の「呪文」「羯諦《ぎやてい》羯諦　波羅《はら》羯諦…」の「意」は、「彼岸に至り、悟りを得た」こと称えるものだという。般若心経を声に出して何度も唱え続けてくると、悟りの境地に至ったような気にもなる。読経というのは、そういう「効用」をもつのだろうか。

幟《のぼり》満ちにぎにぎしくも古色濃く一番札所は厳としてあり

（一番鎌倉、杉本寺）

如月《きさらぎ》の寒風《さむかぜ》揺らす竹林の彼方を見れば古都の家並み

（同）

ままならぬ初の読経よ傍見《はた》れば暗唱《そらん》ず婦人の願《がん》は深きか

（同）

宿願の深さ試すか観音は長き階《きざはし》息を切らせり

（六番厚木、長谷寺）

大草鞋《わらじ》並ぶ山門過ぎゆけば本堂賑はす折鶴の束

（七番平塚、光明寺）

寒空に葉落し聳ゆる大銀杏立願人《りつがんびと》を黙とし慰さむ

（五番小田原、勝福寺）

江戸期にこの寺で始まった「千葉笑《せんようわらい》」。昔は面被りして役人や庄屋を批判して大笑いし大晦日を庶民が楽しく過ごしたという。明治期に途絶えたが、平成になって復活し、今や地域の年中行事になっているという。

邪気払ひ年の瀬人びと集ひ来て「千葉笑」の古刹《こさつ》なるかな

（二九番千葉市、千葉寺）

最澄が開祖とされる笠森寺だが昔の建物は火災で焼失し、現存の建物は調査の結果桃山時代の建立が明らかになったという。六一本の柱で支えられた「四方懸造」という独特の構造は珍しく、重要文化財に指定されている。

切り通す階《きざはし》登れば束柱あまた並びて御堂支へり

（三一番千葉県長南町、笠森寺）

大岩を跨ぎ聳ゑて神々し見上ぐる堂宇よ清水に似て

（同）

回廊ゆ見渡す緑は延暦の開基より生く自然林とや

（同）

鎌足に由縁《ゆかり》の子作り願ふてか堂に溢るる古き千社札《せんじゃふだ》

（三〇番木更津、高蔵寺）

みなひとは硬き面もち願《がん》紙片納札箱にそっと差し入る

（二番逗子、岩殿寺）

気も解けてダウンベストの軽装に山門の前妻は微笑む

（同）

参道口厳しい眼《まなこ》の仁王像われら衆生の真《まこと》探るか

（八番座間、星谷寺）

丹精に帰依の御心象《かた》さむと鉄舟毫せし「大悲殿」の額

（一四番横浜南区、弘明寺）

（三番鎌倉、安養院田代寺）
巨大槙開祖手植えて七百年菩薩化身ぞいま荘厳に

（四番鎌倉、長谷寺）
紅と白梅競ひ咲く花園は極楽浄土かまちを見下ろし

（一六番群馬伊香保町、水澤寺）
穏やかなその面持よ千手観音われら衆生を救ひ給はむ

（同）
六角堂特異な姿凛として「六道輪廻」の額掲げをり

（一五番高崎、長谷寺《ちょうこくじ》）
山門の左右を占める朱き仁王修験の古刹いま縁結びとや

（一八番日光、中善寺）

見渡せば湖白く霧の中雪降り始む朱塗りの廊に

（一七番栃木市、満願寺）

格式の山門くぐり気を締めつ木立の彼方大伽藍見ゆ

（同）

本堂の柱梁斗拱に彫り込まる聖龍飛翔す極楽の世や

（一九番宇都宮、大谷寺）

岩山を彫り建つ御堂想はせる衆生救ひの強き菩薩を

（同）

切岸《きりぎし》の大観音の面優《やさ》し前立つ妻のそも似寄るかな

（同）

このたびも娘の至福書き込みて箱に収めり頭垂《こうべ》れつつ

（二十番栃木益子、西明寺）

山門の古色茅葺問はず語る衆生の永く詣で来たるを

（一三番東京台東区、浅草寺）

巡礼の白衣身に着け仲見世を歩めば人ら目凝らし見る

（同）

常香炉人びと群れて煙り立ちスカイツリーの重なりて見ゆ

（二七番銚子、円福寺）

光る波間観音像を掬ひ上げ庵結びし出家漁師よ

（二八番成田、龍正院）

山門の大注連縄は夕陽浴び黄金色してわれら誘《いざな》ふ

（三二番千葉いすみ市、清水寺）

巨大絵馬本堂に満ち何思ふ豪気の開祖田村麻呂よ

（三三番結願所館山、那古寺）

観音像岸辺の香木行基彫り衆生思ふて寄せる波にぞ

（同）

鏡ケ浦補陀落山ゆ眺めをり世もかくあれと願ふ安らぎ

「牛に引かれて善光寺参り」の伝説は、信心の薄いお婆さんが布を角にひっかけて逃げた牛を追って善光寺までたどり着き、そこで阿弥陀如来に諭されて信心深くなり、のちに極楽往生したというものだが、そんな「伝説」が巷間に膾炙するほど善光寺信仰は庶民の間に拡がった。「無宗派」ゆえの

「無差別救済のご利益」がすでに江戸期には広まっていたという。現在でも、「西国三十三カ所」「坂東三十三観音」「秩父三十四観音」の結願後の「お礼参り」の寺になっている。

（御礼参り　長野、善光寺）

旧きよりみなびと成就の願掛けを信じはるばる御礼参りよ

（同）

参道に牛は見えねど仲見世のはるけき先に山門聳ゆる

（同）

身に凍みる師走の信濃路かく巡り心清澄功徳なるかな

（同　別所温泉、北向観音）

厄除けの古刹は望む善光寺湯煙の郷北向きになり

台湾旅行（二〇一四・二～三）夫婦旅・ツアー

近くて、とても親日的な国であるのに、海外旅行の対象にあまりならない台湾。私自身、これまで多くの国々を、それもスペインのように四度も訪れたような国もあるのに、台湾は一度も行ったことがなかった。そんな私が台湾を気にかけるようになったのは、あの二〇一一年三月の東日本大震災での彼ら台湾の人々のわが国への「救援」「親善」の行いだった。市民が供出した義援金が二〇〇億円、これは全世界からの義援金の最高額だった。しかも、尼僧が組織する「慈済基金会」の人びとが、震災五日後には東北の大船渡・陸前高田・石巻・気仙沼などの被災地に入り、炊き出しや現金配布を行ったのである。実に、頭の下がる「有難さ」である。

台湾は、あの明治中期の日清戦争によって中国より割譲させたところである。いちおう、沖縄は別にして、いわば日本帝国主義がその戦果によって初の植民地としたのである。その台湾の人びとが「これほど親日的なのはどうしてか？」。その淵源が少しでも知りたいと思うようになった。「台湾一周」のツアーに参加して、その「一端」でも窺えたらと思ったのである。

気づけば、台湾は明治時代の植民地化よりはるか以前、江戸時代中期には庶民にもよく「知られた」土地であった。それは史実を背景にした人形浄瑠璃の「舞台」だったからだ。

近松門左衛門が鄭成功をモデルにして人形浄瑠璃「国姓爺合戦」を書き、初上演されたのは正徳五年（一七一五）である。台湾を拠点に主人公・和藤内（鄭成功）が漢人の明国を救済すべく、満州人の清に抵抗・挑戦する愛国譚である。鄭成功は江戸時代初期に平戸で生まれている。父は福建省出の鄭芝龍で平戸藩主に寵を受けて平戸に住み、日本人・田川マツを娶り、鄭成功が生まれた。鄭成功には半分、日本人の血が流れている。幼名は、田川福松。彼は、「対清抵抗運動」の拠点とすべく、当時オランダ東インド会社が統治していた台湾に目をつける。彼の軍は、オランダ勢を一掃し、鄭氏政権を樹立する。鄭成功は台湾の人びとにとって、「独立の祖」である。今でも、孫文、蒋介石を併せて「三国神」とされている。

国祖・国神に、日本人の血が流れていることが、彼らの「親日観」の底流にあるのだろうか。その、国祖・鄭成功を祀った「祖廟」が台南市にある。残念ながら、このツアーでは立ち寄らなかったが。

このたび、初めて台湾一周の旅をして、私はあらためて彼ら台湾の人々のわれわれ日本人への「親切」「好意」を実感した。

日月潭は、高山湖。台湾原住民のサオ族がはじめに住み着き、湖面に浮かぶ拉魯島《らる》は彼らの信仰対象の神体島であった。今は、台湾屈指の観光地になっている。島の東側が「日（太陽）」、西側は「月（三日月）」の形に見えるのでこの名前になったという。サオ族の居住地も拉魯島も水力発電のダム建設で水位が上がって大きな影響を受けたが、「保留居留地」の設定や島の拡大工事などで、彼らの

「伝統」が守られてきた。

（南投県魚池郷、日月潭）

湖《うみ》広く四周の山々霞みをり故事を偲ぶる舟影もなく

正殿の階《きざはし》飾る雙龍は孔子ら衛《まも》らむその眼《まなこ》もて

（同、文武廟）

大屋根の朱色瓦は輝きて劣らぬ内陣彩《あや》に彩なし

（同）

台湾中部の都市・嘉義に、清朝時代の阿里山の役人だった呉鳳を祀った廟がある。彼は自分の命をかけて土地の蛮族の「首狩り」の風習を改めさせた偉人だったという。

廟の表門は伝統的な「鳳凰屋根様式」の趣のある建築である。その屋根の下には「仁必有勇」の額が掲げられている。これは、『論語』（憲問十四5）の「有徳者必有言。…仁者必有勇」による。「仁者は必ず勇有り」、これは偉人を称えるにふさわしい名言である。

命捧げ悪習断たむと「蕃族」を諭しき人は廟に眠れり

（嘉義・呉鳳廟（阿里山忠王祠））

台南市に赤崁楼という施設があった。赤崁楼はオランダ東インド会社が建てた建物で、台湾統治の拠点であった。今は、「台湾独立」の記念施設として公園のようになっている。敷地内には黒御影石の大きな「台」の上に両側に兵士を従えた鄭成功とその前で頭を垂れている西洋人の銅像が立つ「碑」がある。台座には「鄭成功議和團」の大きな表札があった。統治者だったオランダ人との「降伏」の和議を象ったものである。

煉瓦造館残れりオランダの支配の屈辱歴史刻みて

（台南・赤崁楼）

鄭成功賜る「姓」を名乗らずに独立奮迅「国姓爺」なり

（同）

蓮葉《はちすは》の浮かぶ水面《みおも》の彼方にや七層の塔並び浮かべり
（高雄・蓮池潭）

龍虎塔ご利益順路ありといふ龍口《りゅうこ》に入りて虎口《ここ》に出づると
（同、龍虎塔）

大口の横たふ龍を背に負ふて妻も負けじと口開けポーズで
（同）

清朝以後特に顕著になったという鳳凰信仰を象徴した屋根構造の代表例・慈清宮。

重層の屋根の軒隅反り返り幾羽も鳳凰羽ばたきをらむ
（高雄、慈清宮）

医学神豪華絢爛祀る寺改めて知る篤き信なり
（同）

（同、三鳳宮）

三太子祀る伽藍は極彩色祭日ならずも人の賑はい

（同）

日本語で果物屋台の伯母桜われらに向かひ「シャカトウ旨いよ」

（高雄から台東までのバス車中）

バス旅の長きにあれば戯れに凭《もた》れてみれば妻は拒めり

（同）

わが妻はときに子どもに返りゆく傍目気にして顔を染めたり

（台東郊外・三仙台）

玉砂利を踏みつ眺むる海原に錦帯橋ごと大橋の延び

潮かぶり色鮮やかな玉砂利は三仙人の故事を秘めるや

（同）

台東県長濱郷の八仙洞は、海蝕によってできた自然洞窟であるが、洞内から旧石器時代先陶文化の品々が発見された。台湾における最古の先史文化遺跡で「長濱文化」と呼ばれている。

もともと海蝕洞窟なので、離れた海の寄せる波音が地下の岩盤を伝わって洞穴の中から聞こえるのだという。

洞窟の仏教祠《ほこら》いと厳かに旧石器文化今に伝へて

（台東・八仙洞）

観音像居並ぶ洞穴波音の奥から聞こゆ海蝕なれば

（同）

恭《うやうや》し太古自然の造形やわれら称へて記念撮影

（同）

忙《せわ》しなき旅にひと息あでやかな衣装纏《まと》ひて阿美族は舞ひ
（花蓮・阿美文化村）

フィナーレは和気あいあいと観客も混じりて輪をなし踊り微笑む
（同）

底深く清流奔《はし》れる断崖《きりぎし》の淵に立ちては足も竦《すく》めり
（花蓮・太魯閣渓谷）

穿《うが》たれし片崖《かたぎし》の道バスの屋根かつがつと往き胸ひしぎをる
（同）

年久く切岸《きりぎし》穿ちて道拓き東西結びし宿意ぞ尊《たふと》し
（同）

（同）

渓谷の道のいたきを崇《おが》まむと肩組みわれら写真に収まり

（花蓮から台北への特急列車車中）

初鉄道瀟洒な特急やすらけく我ら誘《いざな》ふ台北目差し

（台北、忠烈祠）

凛として行進するや衛兵は国士を祀る誇り抱かむ

（九份）

賑やかな店《たな》の居並ぶ間を縫ひて石の 階《きざはし》 続き続きて

（同）

陽は沈み紅提灯は連なりて人びと負けじと群れなしてあり

ありありて出遭ゐし大茶屋まぶしくて「千と千尋」の原型なれば

（同）

わが妻に手引かれ入るかの茶屋よ壁に飾れる「顔ナシ」の面

（同）

精巧を極むる宝満ち満ちて古き大国歴史語れり

（台北、故宮博物館）

ツアー最後の宿泊先は、圓山大飯店になった。植民地時代の「台湾神宮」の跡地に建設された中国宮殿を模した客室数五〇〇の大ホテルで、グレードの高さは世界のベストテンに入るという。ロビー空間の広さはギネスブック入りの広さ。かつては「迎賓館」として活用されたという。客室は広く、天井も高く、バルコニーからの眺望も抜群、これまで私が宿泊したホテルで最高、あたかも「国賓」になった気分だった。急ぎ足の台湾一周ツアー。最後に「気分の晴れる」なかなかの「ツアー演出」だった。

バルコニー見下ろす首都の景観や優雅に憩ふ国賓がごと

（台北、圓山大飯店）

大洗海岸　息子家族と逗留（二〇一四・六）

茨城県に居住する息子夫婦の「招待」で、大洗海岸のホテルに宿泊して海辺の土地でひととき静養する機会を得た。息子夫婦には前年に生まれた可愛い女の子がいる。われわれにとっては初孫である。われわれの部屋と息子家族の部屋はともに畳敷きの和室で隣り合わせだったが、這い這いを覚えた孫はとても活発で、われわれの部屋に「闖入」しては部屋中を動き回っていた。まだ言葉が喋れない孫が、われわれの顔を見ながら部屋中を這い這いしていたのは、彼女なりの「もうこんなに動けるよ」という自己主張だったのだろうか。そんな孫の姿に接するだけでも、老人たちには「癒し」そのものであった。加えて、太平洋の水平線に連なる海原の広大さを見、そして寄せる波の潮騒を耳にするのは、都会の煩瑣な日常を忘れさせる自然の偉大さというのだろうか、心安まるものであった。

この頃すでにやや体調の不良をかこっていた妻だったが、さすがに愛情を注いだ息子の第一子つまり初孫のいや増す可愛らしさに触れて、その表情は終始柔和そのものだった。息子の親孝行は、「大成功」といえただろう。

しかし、まさか、この三ヵ月後、妻が癌に罹っていることが判明するとは…。「禍福は糾《あざな》える縄の如し」とは、こういうことなのだろうか…。

初孫は闖入しては我ら見つ得意顔して這ひ這ひし廻り

久々に海辺に宿り潮騒を聴くわが心穏《おだ》しくなりて

大洋の水平線ゆ昇る陽に更に覚ゆる厳《いつく》しき星

花飾り頭の孫は微笑みの祖母に抱かれて面《おも》神妙に

体調のすぐれぬ妻のれいならぬ柔和な面を見るはうれしも

雑（一九九二～二〇一二）

自前の「和歌雑記帳」から取捨選択して、「雑歌」としてまとめて収載した。とりわけ表題をつけて区分するほどのものではない、私の日常を中心に詠んだ歌がほとんどである。作歌の日付も省いた。

（筑波の公務員宿舎にて）
薄日さし白さ消えつつ雪融けて野芝の中ぞ青き芽出づ

（同）
雪融けの枯れ芝庭に舞い降りて餌をついばむやツグミ連れ立ち

（同）
露光る枯れ芝庭を連れ立ちてついばみ歩むツグミ愛しき

ツグミらよヒョコヒョコ動けど鳴かずぞや名にし負ふてか口をつぐみて

（同）

わが書斎《へや》のパキオ背を超し青々と十歳《とせ》前なる小鉢懐かし

（練馬・大泉の自宅）

雛飾り子らは巣立ちて遥かなりいつまで続く妻のしつらえ

（同、雛祭りの準備）

棚の上小さき姿の雛人形勢揃ひしてわが家華やぐ

（同）

幼きに息子作りし雛人形ほのぼのとして如《し》くものはなし

（同）

（同）

春浅くヒヨドリ来たりて椿花ついばむでゐる首をかしげて

（大学入試　面接）

ふと気づくあどけなきかや受験生わが子ら大卒成長しをれば

（同）

面接に言葉重ぬる堂々と思いがけずや幼き顔に

（同）

眼が生きて爽やかなりや受験生罪作りなり選別するは

（西武線車中にて）

カチューシャとミニスカ姿にマスカラと装ふ少女ら声もそよめき

（大学院生研究大部屋にて）

パソコンの前に坐りて夜もすがら笑み絶やさずや院生の君

（神田古本市にて）

人群れる古本市や得意げに贖《あがな》ひ抱へる赤彦全集

（新宿、書店）

エスカレーター昇り降りする大書店木造二階の建屋恋しき

（鎌倉・江の島を訪ふ。北鎌倉駅）

瀟洒なる駅舎ゆ人の溢れ出づ遊歩姿に総身装ひ

（円覚寺）

参詣道若葉の匂ひ立ち込めて列なす人の晴れやかな顔

（東慶寺　駆け込み寺）
涙して幾たり女人のくぐりしかしばし見つめる茅葺の門

（同）
五月晴れ葉は青々と茂りをりあじさいの花咲く気配なく

（建長寺）
本山の格式立つる総門や入《い》るみな人の顔は締まりて

（同）
柏槇《びゃくしん》の太き枝々のたうちて青空を衝く仏殿の前

（鶴岡八幡宮）
宮の森リス降り来たり人の手に寄りつき遊ぶその可憐さよ

舞殿は朱塗りも新た華やいで固めの式に人黒だかりする
（同）

大階《きざはし》振り向き見れば若葉越し若宮大路に鳥居重なり
（同）

行楽日耳のみならず目にまでも景色いとはし人波寄せて
（小町通り商店街）

車列満つ若宮大路歩き抜け心躍れり海原の見え
（由比ガ浜）

金髪の幼き少女ビキニ着け波と戯る夏日にあれば
（同）

江の島は若者のみぞ溢れをり時の流れのいやさ疾《と》きかな
（江の島）

裏参道伝ひ来《きた》れば相模湾見下ろす先に夕陽雲染む
（同）

木枯しに紅葉散りたる薄闇の庭の隅にや主なき犬小屋
（練馬の自宅）

夜更けてガレージ開ける音の前《さき》尾振り迎えしサリーいまなく
（同）

黄、橙、紫も白も赤もあるパンジー植えをる妻は腰痛
（同）

（同）

野鳥にと撒きしパンくず残れるは落葉ばかりや石塀のもと

（同）

むき出しの言葉行き交ひ秋の夜に母娘《おやこ》の信ぞ確かめをれり

（同）

桐の葉はエンジンルームを覆ひたり今日師走とはなりにけるかも

（練馬・大泉学園中央通り）

鮮やかなグラデーションに夕陽透け並木桜葉錦とぞなる

（練馬・大泉町）

七重八重温《ぬく》き師走のもみじ葉に負けじと競う十月桜

（練馬の自宅）
嬉々として聖歌流しつ飾りたる娘の姿瞼《まぶた》ばかりや

（同）
山茶花の紅鮮やかに咲き乱る老ひたる義父の病深まるに

（同）
わが妻の今日は還暦誕生日祝ひの宴賑はひにけり

（同）
亡き母の年齢《よわい》を超ゑて今を生く感慨ありや妻の声高し

（同）
宴の日クリスマス飾りは部屋に満ち「隠れキリシタン」と娘高笑ひ

（同）

寒空に構へて仰ぐ意気地なく見過ごして寝る流星群なり

（同）

カワハギの鍋料理にぞ精を出す大病抱へる義妹《いもと》けなげや

（筑波）

吐く息の白く漂ひ身は締まり筑波の郷《さと》に冬は来たれり

（同）

桐の木は裸になりて赫き実の寂しく残り師走凍《しば》れり

（「第九」発表演奏会、東京国際フォーラム）

病人を抱へ励みし「合唱」ぞ舞台のわが妻ジンと来るなり

（同）

歓喜《フロイデ》と高らに歌ふ「第九」かな荒《すさ》びし今年《こぞ》をしばし忘れり

（サッカーW杯フランス大会ツアー　初期はバルセロナ滞在）

懐かしやパルク・グエルに人満ちてガウディの眼《まなこ》今も街向く

（バルセロナ、サグラダ・ファミリア）

入場に長き行列年経たりサグラダ・ファミリア新塔建ちゆく

（同、ランブラス通り）

変はらずに葉洩れ日さして人流れあまた外国語《ことば》のさんざめきをり

（パリ滞在、モンサンミッシェルへの一日ツアー）

野ばら垣広畑続くその果てに蜃気楼ごとモンサンミッシェル

（モンサンミッシェル）
千年の造営支えし諸職人《もろびと》の沈黙の声その造形美に聴く

（パリ大改造の昔を想い）
とりどりのユニフォーム姿やシャンゼリゼ天のオスマン眼を見開かむ

（パリの地下鉄）
美女の影瞼に残るコンコース胸高まるにわが歳思ふ

（リヨンの刺繍博物館）
「夏の部屋」マリーアントワネットいと愛でし刺繍の壁掛けいまも華麗で

（上野での忘年会）
サッカーの仲間集ひて年忘れ上野の街は人群れに群れ

（クリスマスイブの当日、練馬の自宅）
わが十八番《おはこ》スペインオムレツ下ごしらへ朝から気合のエプロン姿
「美《お》味《い》しい」とみな口揃へ世辞言へばレシピ披露やわれ得意がり
（同）

キリストのキの字も出ずに宴すすみクリスマスツリーも隅で脇役
（同）

病人を二人抱へたわが妻は今年は特別功労賞なり
（同）

正月の準備とてかや老女らが腰曲がりつつカート押しをる
（近所のスーパーマーケット）

初雪の降り積りてやベランダの三色すみれの哭く声を聴く
（練馬の自宅）

大晦日ぼたん雪は降りしきり音無しの街皆籠れりや
（同）

茜空黒々として浮かびをる富士は子どものときの富士なり
（西武線車中）

空晴れて神祈りさえ後にしてスタジアム詣でや天皇杯ぞ
（サッカー天皇杯決勝戦観戦）

今の世はげにげに文明社会なり電気釜なる七草粥食む
（練馬の自宅）

伝え聞く再々発の義妹《いもと》にやかける言の葉をさをさ浮かばず
（同）

ユリノキの葉は皆落ちて並木道寒風吹き抜け冬本番なり
（筑波）

嘘のごと頭痛去れりやマッサージ忍び寄る老ゐわが身なるかな
（練馬の自宅）

小春日につがひのメジロ飛び来たり咲き誇りたる山茶花ついばむ
（同）

壁掛けや馬具飾りにと織り上げて庶民の技ぞアートになりて
（松涛美術館　ペルシャ絨毯展）

（同）

草や木がいちいちの糸染め上げて妙なる色の模様織りなす

（東武百貨店　伝統工芸展を観る）

木地作りロクロ廻して削りをる匠の指は節くれ立ちて

（映画「北の零年」を観る）

民いつも権力の恣意に泣かされてなおしぶとくや生き抜きてあり

（高島屋　「一竹辻が花展」を観る）

辻が花今や咲きたり芸道の厳しき魂響き渡りて

（同）

和服地を連ね並べる染め世界大襖絵や声飲むで観る

（筑波、大学入学式当日）

空澄みて遅咲き桜満ち満ちて行き交ふ人のみな明るくて

（同）

雪柳負けじと白く咲き乱る池端飾り続く群落

（秩父・羊山公園を訪ふ）

山里の新緑の道抜け出れば丘彩りて芝桜咲く

（同）

芝桜波打つ丘に錦為し人びと連なりそを愛で歩き

（秩父の街）

機織りの音軽やかに心地よし絹布の柄は歩み遅くも

（埼玉病院、義父の逝去）

義父逝けり眠る如くに安らけく言の葉もなく在りしままにて

（同）

心あらで窓ゆ眺むる梢葉はそよとも揺れず人を悼むか

（子供時代を過ごした西荻窪を訪れ）

懐かしく変はらぬ街ぞ闇市の風情残れる狭き路地往く

（病院で検査）

まじまじと顔見入りたり若き医師年甲斐もなく息子似なれば

（川崎市立美術館　アイヌ文物展）

生活に溶け入るアイヌの女ワザほれぼれと観る服飾文様

（同）

平日は訪《おとな》ふ人の少なくてわれひとり占《し》む豪華展示よ

闘病

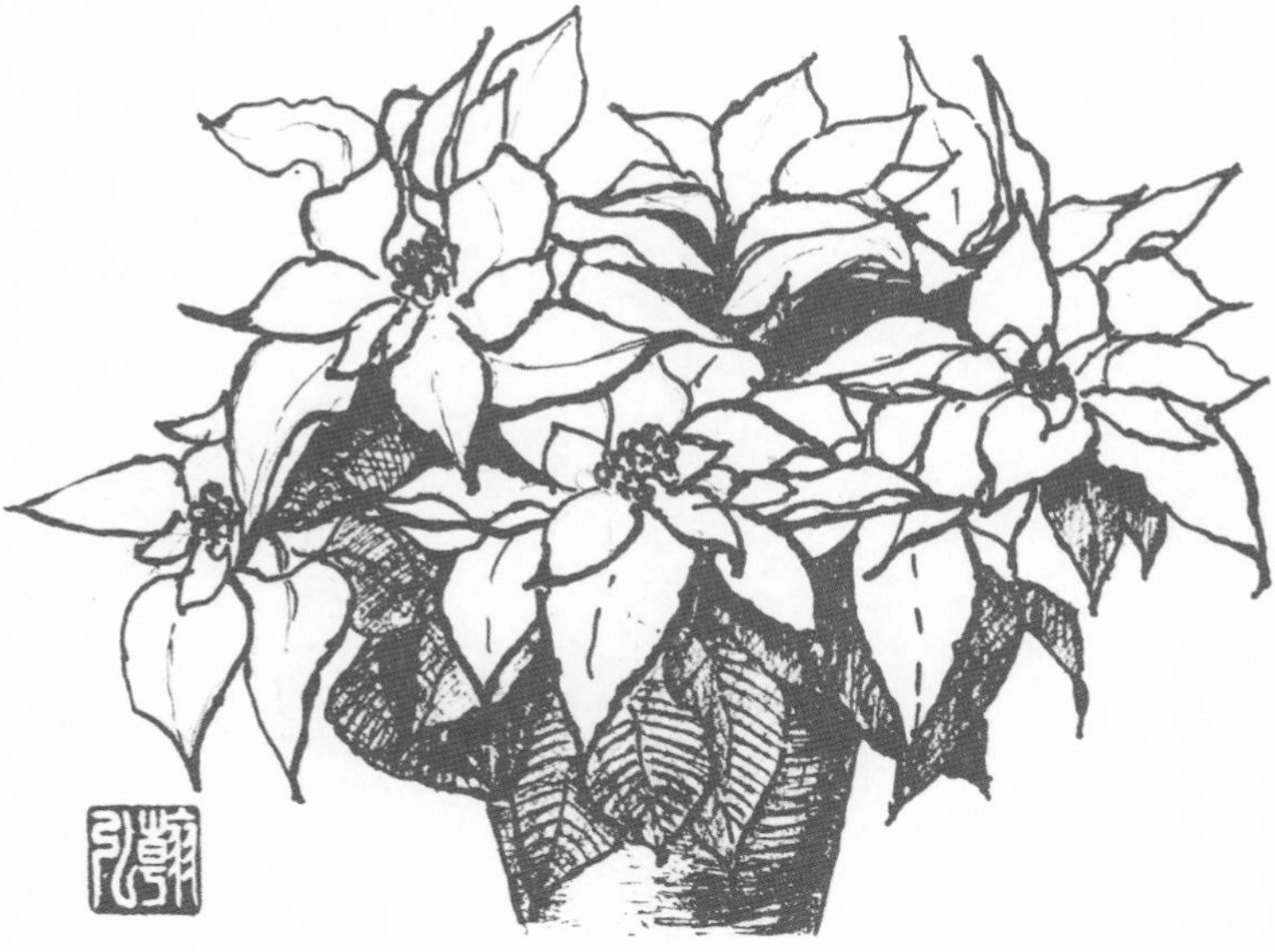

文

「闘病」の部は、妻玲子の癌発見から「緩和ケア病棟」での死去、その後の葬儀までの約二年半を対象とするものである。癌発見後の一年ほどは、玲子は、母親も父親も癌で亡くし、兄と妹も癌を患ったこともあり、「いよいよ自分の番」と思ったか、ほとんど「鬱」の状態だった。もとより連れ合いとしての私も「まさか」の驚きだったが、そんな鬱状態の妻を前にして、彼女の「不安感」を助長するような言動だけはしないように、と自らに言い聞かせて過ごした。

手術後、癌は「ステージ4」と判明し、抗癌剤の治療が一年半ほど続いた。そして三度目の抗癌剤が「効果ナシ」との検査結果が出て、治療を断念。その頃になると、玲子は「悟りきった」かのように、「余生」を有効に活用するようになった。青森県の三内丸山遺跡を訪ねたり、娘の嫁ぎ先への挨拶ついでに京都の古刹を巡ったり、また、鉛筆スケッチに取り組んだりした。

抗癌剤治療断念の時に、主治医に言われた「余命三ヵ月程度」を胸に秘めた私は、彼女の前ではできるだけ「平静」にと務めたが、夜になって台所で彼女の翌朝の食事の用意をする時などは、自然と目の前が霞んでいた。「どうして、彼女のような得難い人間が！」、心裡で天に向かって叫んだりした。

今から思えば、この二年半ほど充実した人生の時期はなかった。夫婦の絆が最も親《ちかし》くなった時期だったと言えるだろう。お互いが、これほど相手を思い遣ることは、たしかにこれまでなかったと思う。

ついに、都立ＴＭ病院の「緩和ケア病棟」への入院。もはや、彼女の精神は見事に「安定」していた。私や看護師さんたちに冗談を言うほどだった。逝去後、病室のテレビ台の引き出しで見つけたメモにこうあった。「淡々と過ごすから見ててね」。「誓い」通り、彼女は「緩和ケア」を淡々と過ごした。その「悟りきった」精神に、付き添いの私の方こそ励まされた。

その昔、調べ事をしていて偶然に、江戸後期の医師・緒方洪庵の『扶氏醫戒之略』に出逢った。医療が「どうあるべきか」を十二条にわたって説いたものだが、その中にこうあった。「たとひ救ふこと能はざるも、之を慰するは仁術なり」。ＴＭ病院の緩和ケア病棟の先生方の献身的な対応を身近に見ていて、この洪庵の「至言」を想い出した。ほんとうにすばらしい「ケア」だった。先生方全員が病室に来られウクレレの合奏をされるのである。もちろん、苦痛を取り除く医学的措置も徹底して取られた。玲子もある時、病床で言ったことがあった。「ここに入院できて、ほんとうによかった」。そう思いながら彼女は旅立つことができた。先生方には、本当に感謝の念でいっぱいである。

葬儀。彼女の遺言によって、これまた彼女の「自作自演」の異色なものになった。「湿っぽくしたくない」ということで祭壇の花々は「白」ではなく、あえてカラフルにした。そして棺の中の本人は、これも彼女の「言いつけ」で大きな花三輪を「花カンザシ」にして、弔問客に対面したのである。生前、お祭り大好き人間の「祭り女《め》」だった、いかにも彼女らしい最後の旅立ちの自己演出だった。

通夜に駆けつけた大勢の彼女の教え子たちの、学校時代の彼女の「逸話」は、初めて聞くものばかりだったが、あらためて人間・玲子の素晴らしさを知らされた。

身体の不調

二〇一三年夏ごろから妻の玲子は、しきりと腰痛を訴えるようになった。とっくに退職して自転車での通勤はなくなっていたし、また急激なギックリ腰になったということでもなかった。整骨院やマッサージ店を何軒も訪ねては「措置」を受けた。だが、ほとんど症状は好転しなかった。今から思えば、卵管に発症した癌に起因する「痛み」だったようだ。

二〇一四年春ころになると、彼女は腰痛に加えて、しきりと首から肩にかけての鈍痛を訴えるようになった。近くの整形外科では「六十肩でしょう」という診断で、痛み止めの薬や湿布を処方されたが、「事態」は改善しなかった。

本格的な検査が必要だろうということで、同年九月、埼玉県和光市の国立S病院で受診した。「首のリンパ節が腫れている」ということで、「細胞診」を行うことになった。結果は、そのリンパ細胞から癌細胞が見つかり、癌に罹患していることが濃厚になった。同病院の勧めは、大学病院のような総合診断や入院施設の整ったところで、より精密な検査をした方がよいということだった。

医者の息子のアドバイスで御茶ノ水の国立ＩＳ大学病院でさっそく新たに診断を受けた。結果は、「卵巣周辺の腫れ、リンパ節癌細胞確認」だった。

癌の発見・手術と抗癌剤治療

同一四年一〇月、手術のために入院となった。同二一日、手術。「癌原発部は卵管、癒着が激しい、転移は認められない、卵巣癌と同じ治療法になる」との説明を受ける。卵管癌はなかなか見つかりにくいものだという。どうやら、腰痛は、これが原因だったのか。

さっそく、抗癌剤の治療が始まった。点滴によるものだから病院まで出向かねばならない。練馬大泉の自宅から御茶ノ水の病院まではかなりの距離がある。バス・電車による人混みは避けたいので私は自分の車で玲子といっしょに病院まで行くつもりだったが、すでに七〇歳を超えていた私の運転を妻は心配し、タクシーを利用することになった。タクシーでの病院通いが始まった。

初めの抗癌剤治療によって、徐々に頭髪が抜け、ついに丸坊主になった。この頃が、彼女がいちばん辛い思いをしていたころだろう。彼女といっしょに御茶ノ水駅近くの「専門店」に行き、カツラをあつらえた。思った以上にはるかに高額で驚いた。われわれも初の経験で、そんなものかと思ったのだが、後で判ったことには、当病院の「推薦店」なら、その三分の一以下だった。「人の弱みにつけこんで…」。世の中、ほんとうに嫌な「商売根性」があるものだ。

「かなりの進行性の癌」の現実を突きつけられた玲子は、初めは自分が癌になったということが信じられないという「ショック」の症状が顕著だったが、抗癌剤治療が進むにつれ、どんどん無口になっていった。傍目にも「ウツ」の状態であることが解かった。

おそらく、精神的にこの抗癌剤治療の「初期」のころが彼女は一番辛かったにちがいない。誰でもそうだが、自分が予期しない「事態」に直面した時には心の準備などできてはいない。ましてや、玲子の場合、血の繋がりのある家族である親兄弟をみな癌で亡くしていたのだから、「自分までも！」の驚きは大きかったろう。母親はまだ彼女が大学生の時に長患いの癌により四九歳で亡くなり、兄も舌癌を患いその後交通事故により五五歳で死亡。妹の和子は四八歳の時に卵巣がんを患って国立K大学病院で手術を受け、七年後に再発して壮絶な闘病を経てその四年後に亡くなった。なお、ノンフィクション作家だったその妹・柳原和子は『がん患者学』や『百万回の永訣』などの癌闘病にちなむ作品を遺している。父親は、和子の闘病の最中に前立腺癌で他界していた。玲子の親兄弟すべてが癌患者だったのだ。「いよいよ私の番か」、玲子は口には出さなかったが、内心その家族をめぐる「因縁」にきっと苛まされていたことだろう。人は、そんな宿命にも似た「不運」に遭遇したとき、自分ではどうすることもできないで立ちすくむ以外にないのだろう。そしてその心的情況に押しつぶされてゆく。「ウツ」というのは、そうした情況を云うにちがいない。その「立ちすくみ」にあっては、誰にも「救い」を求めることも叶わないのだ。玲子は、ただただ無口になっていき、夫の私にすら言葉をかけることがなくなっていった。どんなに辛かったか、他者には想像もつかない闇の世界を漂っていたのだろう。

もとより、私自身も、玲子の「癌罹患」はショックだった。だが、日ごとに無口になっていく玲子を目の前にして、「私自身も試されている」と思った。私もいっしょに「ウツ」になってはいられない。「どう振舞うべきか」、考えに考えた。

彼女へはできるだけ「寄り添う」が、癌そのことや心身の症状・状態などについて言及することはいっさいしないこと、そして、淡々と振る舞うこと、それが私の「結論」だった。病状への言及や心配顔の「対応」は、いっそう彼女の「心の重荷」になるにちがいと思ったのである。結果的には、それがよかったようだ。もちろん、彼女なりのつらい厳しい葛藤があったにちがいないが、「ウツ」症状は「深刻な状態」には進行しないで済んだ。

この頃からだった。私は彼女を誘って、隣接の自治体である埼玉県和光市にある「和光森林公園」に車で行き園内での散歩をしばしばするようになった。樹林と芝生広場と回遊路が整備された広大な公園は、都会の喧騒が遮断され文字通り森閑としていて、また四季折々に表情を変えて心身ともに「安らぎ」や「憩い」を得るには格好の場であった。

翌一五年五月、PET検査により「腹腔内癌腫瘍4〜5㎝大、左首2か所、そして腹部大静脈横にそれぞれ癌腫瘍」が見つかる。

私は素朴な「疑問」をもった。前年の手術前の検査で「首のリンパ節に癌細胞あり」の所見があったということは、癌はすでに全身に何らかの「影響」を与えていたのではなかったか。わずか半年後、しかも抗癌剤治療をしていたあとの二度目の検査で、これほど一気にしかも大きな癌腫瘍が見つかるものなのか。手術直後の「転移なし」の所見だったが、それはほんとうに事実なのか。見落としはなかったのか…。まだ「治る」希望もあったから、その疑問を素人が医師に問うことはしなかったが、いまだに「初動」への疑問は残ったままである。

二種目の抗癌剤治療。玲子は、頭痛・発熱・だるさで横臥し、日常生活に支障を来たすようになった。

抗癌剤効果ナシ・「緩和ケア」の決断

抗癌剤治療は、順に三種の抗癌剤を用いて行われた。抗癌剤に対しては、癌細胞も「耐性」をもつようだ。そして、三番目の抗癌剤治療が進んだあと、一六年七月のＰＥＴ検査結果が担当医から説明された。「大静脈（胃の下）癌拡大、骨盤内癌拡大、右肺癌拡大、腫瘍マーカー２３５」、抗癌剤治療の効果ナシの結論だった。「手の打ちようがない状態」ということなのだ。玲子も私もガツンと頭を強打された思いだった。いや、当の本人は、もっと強い衝撃だったろう。

これは、その後一度も玲子に言ったことはなかったのだが、玲子のいないところで私は玲子の「余命」について担当医に尋ねた。「まあ、三ヵ月くらいでしょうか」。余りのことに、返事の言葉も出なかった。崖から突き落とされたような衝撃だった。すぐに我に返り、「このことは玲子には云うまい」と自分に誓った。

だが、彼女は、もはや落ち込むことはなかった。二年近くにわたって抗癌剤の「副作用」に悪戦苦闘し、そしてもはや抗癌剤そのものが「効果ナシ」の診断を受けたのだ。ショックではあったろうが、「やることはやった」の思いもあったのだろう。もはや深刻に「悩む」ことはなかった。「ウツ」を脱してもいた彼女は、「緩和ケア」の道を取る決断をした。

たくさんの緩和ケア病院を、われわれは訪れた。どこも「入院待ち患者」が一〇〇名ほどもいるような状態で「こんなにも末期癌患者が多いのか」と思ったが、それよりも、玲子は、それらの「ケアの内容」と「環境」を気にした。

たとえば、訪れた多くの病院は、「溜まった胸水は抜かない」という方針だった。胸水を抜かないということは、「手をかけないで、悪化進行にまかせてそのまま死ぬように」ということではないのか。少なくとも私は、緒方洪庵の『扶氏醫戒之略』を知っていたから、「緩和ケア」というのはそういうものではないだろうと思っていた。つまり、末期患者ゆえに「治療」はもはや行う意味はないとしても、その「苦痛」「病状」を和らげ、最大限生命を「持続」させるものではないのか、と。玲子に緒方の『扶氏醫戒之略』を語ることは余計な神経を遣わせることになるだろうと、私は控えていた。

緩和ケアを専門とする病院巡りで改めて知ったことは、いずれも一〇〇人の待機患者を抱えているという現実であった。洪庵が江戸期にさえ唱えていた「不治の病者」への「医の職務」が、この二一世紀になっても十全に施されていないということである。医療行政の貧困という以外にない。

そんな、「医の貧困」の現状のなかで、玲子は、自分自身の「直感」と「情実」をもって、どういう病院がふさわしいかを「選定」しようとしていた。自分の人生最後の日々を過ごす「居場所」は、「ケア」のあり方も含めて「安らぎの場」そのものであってほしいというのが彼女の希いだった。

骨盤にまで癌が転移した彼女は、身体を屈めることも辛くなった。

台所に立ってのおおかたの炊事は、私の仕事になり、私なりの晩御飯の総菜を作った。食欲もなくなってきた玲子が、私の「料理」で喜んでくれたのは、「タラの煮つけ」だった。白身魚はしつこくないのがよかった。以前から、すき焼きの味付けは私の役目だったから、「タラの煮つけ」にも不安はなかった。隠し味の酒と、醤油・みりんの割合と煮つけの時間が「コツ」だった。

「夜行性」（文章書きは夜の作業が習慣だった）で朝の遅い私は、彼女のための朝食は、キウイフルーツを薄く切って前の晩に用意した。スライスしたキウイは斜めに倒して深めの皿に見栄えよく盛った。料理の盛り付けの見栄えに拘る料亭の板前の真似をしてみた。ひとえに妻の眼にも喜んでもらいたいとの思いだった。キウイはビタミンEやカリウム、食物繊維が豊富で身体にいいと何かで読んだことがあった。翌朝、冷蔵庫から取り出したスライスキウイにヨーグルトをかけ、コーヒーに半切れのトーストとベビーチーズというのが彼女の定番の朝食になった。

また、身体の前屈がきつくなった彼女は、自分の足指の爪を切ることも困難になった。「爪切り」も新たな私の「仕事」になった。新潟三条市産のニッパー爪切りとボヘミアングラス製のヤスリを入手して爪切りに臨んだ。「いい道具はいい仕事の元」、彼女は私の爪きりの「手際」を喜んでくれた。

「癌進行決定的」（二回目検査）で、すでに玲子は、妹・和子のこともあり、おおかた腹を括っていたようだったが、三回目検査での「抗癌剤効果ナシ」は「ダメ押し」をされたようなものだった。「緩和ケア」に方針を定めた玲子に「迷い」はなかった。彼女は、行動できるうちに動きたいと遠近問わず「外」に出かけることを望んだ。その「行動力」は、今から思えば、よくぞあれほどというものだった。彼女の意志の強さを示すものだったろう。以下のような「行動」だった。

・結婚記念日祝い　高級鰻重の会食（二〇一六・〇四）
・伊豆松崎港訪問（妹・和子の散骨場所）（一六・〇五）
・青森県三内丸山遺跡・弘前城等の見学（一六・〇九）
・滋賀県在住の娘・亭主とその両親への挨拶と京都古刹見学（一六・一〇）
・板橋区立「植村冒険館」訪問（同）
・講演会（沖縄新基地問題）参加傍聴（同）
・練馬交響楽団演奏会傍聴（同）
・茨城県在住の息子・嫁とその嫁両親への挨拶（一六・一一）
・所沢霊園柳原家の墓じまいと樹木葬への移設（同）

気づいたら、「余命三ヵ月ほど」の期間を超えていた。彼女は、余命期間を知らなかったが、治癒の見込みがないことを悟っていたから自分の行きたい所にできるだけ多く出向こうとしたのだ。

「ラブレターを書いて」

しかし、「緩和ケア」への決断を迷いなく行ったとはいえ、自分が現世から「消えゆく」事態を何の「憂い」や「不安」もなく受容できる者などは、人里離れた山中で何百日も修行したような宗教者のほかに、一般人のなかに果たしているだろうか。玲子は、そうした憂いや不安をいっさい口にすることはなかったが、ひとつだけ私に「要望」したことがあった。「ラブレターを書いてほしい」と。抗癌剤治療をやめて、家に引きこもって一カ月くらいしてからだったろうか、彼女はそう私に言った。まさかの要望に私は、正直驚いた。「解った」と返事はしたものの、「死期」を間近にした者へのラブレターなど、そうそう書けるものではなかった。

玲子の心情はよく解っていた。現世に別れを告げ、「三途の川」を渡ろうというのだ。どんなに不安で寂しい思いをしていただろうか。誰が、一人で気丈にすんなりとそんな「渡河」ができるだろうか。永年連れ添った亭主の「やさしい」ひと押しが欲しかったのだろう。現世で、自分が連れ合いの夫にとってたいせつな人間であったことを確認したうえで、渡河したいのだ。それが、「不安」や「寂しさ」を打ち消してくれる…。

解ってはいたが、重要なものであるだけに、私はなかなか書けなかった。この間、玲子からは何度催促されただろうか。「まだ書けないの?」そして、そのうちに彼女は、一一月末にTM病院の「緩和ケア」病棟に入院することになってしまった。入院して間もなく、業を煮やした彼女は言った。「ラブレターの書き方、知らないんでしょう」。そして、あろうことか、一二月六日の「危篤」…。私は、何が何でも書かねば、と心に決め書き急いだ。もとより、涙なしに書けるようなものではない。しかも長文だったので時間がかかった。長文にした「理由」もあったのだが…。まことに幸運なことに、彼女に手渡せたのは同一五日。何と、二度目の「危篤」があった翌日だった。神の恩寵と感謝した。「ああ、よかった。間に合った」。彼女は、その頃はまだ文字を読むことができたのだった。

彼女が他界したあと、病室の棚の引き出しで見つけた、彼女が遺した私へのメモにもこうあった。

「ラブレター、まにあってよかった」。

その「ラブレター」はけっこう長かった。

ラブレターの「原則」をどこかで聞いたことがあった。「ラブレターは前置きが長いほどいい。なぜなら結論はひと言で済むから」。そういう「原則」もあろうが、旅立ちを控えた者には「書くべき」こともあるはずだ。私は「長い前書き」をわれわれ夫婦が出逢ってからの「夫婦の歴史」、つまり「夫婦伝記」を綴ることで満たした。夫婦の間だけの共通の「物語」である。彼女のすばらしさはもとより、「ドジ子」「ガン子」ぶりも記憶をたどって記述した。当然、時間もかかった。けっきょく、四〇〇字原稿用紙で五二枚に相当する長さになってしまった。旅立とうとする連れ合いへの最後の言葉は、こう締めくくった。

「ありがとう。ほんとうにありがとう。

私にとっても最高の人生、最高の「夫婦伝記」だった。「ドジむらドジ子」と、言い出したら聞かない「ガン子」のすべてを含めて、貴女はすばらしい人だ。実に、「清貧の思想」を地で行く人だ。なかなか、できるものではない。この歳になって、そして今になって、いままで以上に貴女が無性に愛おしい。

人生をくり返すことができるものなら、また貴女といっしょに歩んでみたい。そのときは、きっと「ドジ子」と「ガン子」の何がしかはなくなっているのかもしれないけれど…。

あらためて、ありがとう」

そして、後日、彼女が逝去したとき、このラブレターは彼女とともに棺に納められ、天上に運ばれたのだった。

また、「達観」した彼女が、家にいて始めた新たな「行動」があった。スケッチがうまくなりたいと言い出したのである。「私は、小さい時から絵が下手だった。パパ（夫の私をそう呼ぶのが彼女のつねだった）のようにさらさらとスケッチができるようになりたい」と（私は、中学時代に美術部に属し、社会人になってもスケッチをしては、それを年賀状に用いていた）。彼女の向上心というのだろうか、その熱意にはほだされた。いちばん「やりやすい」スケッチとして、私は落ち葉のスケッチを勧めた。一〇月になっていたので、落ち葉は公園に出かければ容易に手に入った。形のいい種々の落ち葉拾いも私の役目になった。彼女が描いたスケッチに「寸評」を加えるのも私だった。小学生の勉強を見るように、ひたすら「褒めて」いたように思う。それは、意図せずに私の精神状況が採らせた「必然的な」言動だったにちがいない。じっさい、寸評を聴いては微笑みながら、彼女の「ウデ」は日に日に上達した。

このころ、私が「決断」したことがあった。抗癌剤も効果ナシ、癌腫瘍は拡大の一途、そして玲子自身が「緩和ケア」の方針を採ったこと、それらは、彼女の「人生の最後の道程」を意味していたからである。人の記憶ほど当てにならないものはない。永年寄り添ってきた連れ合いのその「最後の道程」については、あとで自分にも「納得」できるようにと、私は彼女の知らないところで日記をつけることにした。後日、彼女が緩和ケア病棟のある都立ＴＭ病院に入院してからは、敢えて日々の彼女の姿を写真に収めもした。日記と写真とは、明確な彼女の「最後の道程記録」となった。そして、彼女の他界後、これら日記と写真を整理して、「玲子のがんばり闘病録」と題した分厚いアルバムを作成した。彼女の「人生最後のがんばり」を、彼女のためにも、私のためにも、そして子どもたちのためにも「追認」できる形あるものとして残したかった。この「闘病」部の文章も、実は多くは「玲子のがんばり闘病録」を参照しながら綴った（玲子逝去後は「自失」の期間も長く、「玲子のがんばり闘病録」のアルバムが完成したのは、彼女の逝去後三年以上経った、二〇二一年五月だった）。

彼女の病状の「深刻化」で、介護保険を適用しての訪問介護が可能になった。幸い、その業務を担当したケアマネジャーさんがとてもいい人だった。週二回ヘルパーさんが来宅し、浴室やトイレを含めて家の掃除をやってくれた。私も腰痛持ちだったから、階段や一、二階の全部屋の掃除は広すぎてとても手に負えるものではなかったので、この訪問介護はじつに有難かった。

二〇一六年九月、玲子の様子を見て、そのケアマネジャーさんが「訪問診療」の医師に連絡をとってくれ、医師と二人の看護師が来宅した。その訪問医は、ＩＳ大病院の診断内容を理解した上で、「胸水は抜いた方がいい。緩和ケアの病院は用意しておいた方がいい」との助言をくれた。

翌一〇月、その訪問医の紹介で、隣接区の都立ＴＭ病院の緩和ケア病棟を訪ねた。病棟主任のＹ医師とＥ看護師が応対され、懇切丁寧に同病棟での「緩和ケア」の方針と内容を説明してくれた。また、病棟全体を案内してくれた。全室個室、二つの大きな多目的ホール、植栽豊かなホール外の屋上庭園…、充実した施設だった。これまで訪問したすべての緩和ケア病院に「好意」を示さなかった玲子だったが、「緩和ケア」の内容とこの「環境」には不満はまったくなかったようだった。

「墓じまい」と樹木葬への移設——玲子最後の「身辺整理」

玲子の実家の墓は、埼玉県の所沢の霊園にあった。親兄弟がすべて他界した後は玲子が墓守になっていた。彼女は、自分亡きあとの墓守を私や息子に託すのは「筋が違う」「申し訳ない」と考えたのだろう。私の知らないうちに、病身をおして霊園の管理所に出向いて墓じまいと骨壺の樹木葬への「移転」の手続きをしていた。そういう「身辺整理」をきちんとやるのも、彼女の人柄だった。しかも大病を抱えて…。

後日、緩和ケア病棟に入院し二度の「危篤」を乗り越えた時、彼女は、自分の遺骨を分骨して樹木葬に移した実家の親兄弟の骨壺と一緒に並べてその樹木葬に埋葬してほしいと言い遺した。樹木葬への移転手続きのときにすでに「ひとつ分」のスペースが確保されていた。「用意周到」であった。

そして、実家家族の遺骨の樹木葬への「移転」にわれわれが立ち会ったわずか二日後に、彼女はＴＭ病院の緩和ケア病棟に入院し、そこで「帰らぬ人」となった。結果的に、樹木葬は「かろうじて間に合った」のだ。病身の彼女には、「体力」の限界での所業だった。彼女の意思と行動力の強さをあらためて想った。

「緩和ケア」病棟入院――二度の危篤を乗り越える

一一月中旬、玲子の体調が悪化した。わが家を訪ねてくれる訪問医はTM病院での検査のために「短期入院」の手配をしてくれた。

樹木葬を済ませた二日後の同二四日、TM病院入院。結果的に、この日が「命ある」玲子が家にいた最後の日になった。「検査入院」で終らなかったのだ。一か月と二〇日後、彼女は「帰らぬ人」となってTM病院から「帰宅」した。すばらしい「緩和ケア」を受けて…。

TM病院での「本格入院」は、玲子にとっては人生最後の「時・空」を過ごすものとなった。最後の闘病ではあるが、それはむしろ彼女の「生」の最後が展開されたきわめて貴重なものであった。「緩和ケア」とは、恢復の見込みのない末期患者の心身の「苦痛」を文字通り「緩和」すべく医療を施す側の「ケア」のことであり、この人生最後の「時空」にとっては、それはきわめて重要な位置を占めていた。ケアを受ける者つまり患者が、自らの「末期」を託すケアは、それにふさわしく患者が心安らかにその「最後」を過ごせるかどうかがかかっているからである。

その昔、私はあることを調べるためネットを検索していて偶然に江戸末期の医者・緒方洪庵が著した『扶氏醫戒之略』を知った。扶氏とは緒方がその原書『医学必携』を翻訳したオランダの医学者C・W・フーフエラントのことである。その「醫戒之略」に触れて、門外漢ながらあらためて医学・医術のあるべき姿を認識した。特に心に残った二、三の至言はこのようなものだった。

・貴賤貧富を顧みることなかれ。一握の黄金を以て貧士双眼の感涙に比するに何ものぞ。

・言行に意を用いて病者に信任せられんことを求むべし。

・不治の病者も仍其患苦を寛解し、其生命を保全せんことを求むるは医の職務なり。…たとひ救うこと能はざるも、之を慰するは仁術なり。

まさに、「緩和ケア」の本質がここに示されていた。病人の信頼を得るべく言行に留意し、医術そのものだけではなく、仁術をももって末期患者を「慰撫」せよ、と。

私は、このTM病院の緩和ケア病棟の医師をはじめとするスタッフの心のこもった「措置」によって、この「医の戒め」の実際を目の前で現認することになった。

その「緩和ケア」のあり様も含め、玲子の人生最後の情況について記すことは、この「闘病」部にとって欠かすことのできないものである。それは、玲子という一人の末期患者における病状の変化とそれに応じた「緩和ケア」についての具体的な「観察記録」ではあるが、しかし、おそらくその記録の意味する所は、「個人」を超えた「末期闘病」と「緩和ケア」の一般的、普遍的な「あり方」を示すものとしての存在理由をもつにちがいないと思うのである。万をはるかに超える末期患者とその家族、そしてそれらの対応に当たる医療関係者にとって、それはきっと意味あるものであろうと信じる。ここは、そうした「思い」に基づいて、時の経過に沿った、病状の深刻化と本人の言動の変化、「ケア」の対応や病院外の家族・親類・知人などの動静（見舞い）も含めて、具体的な記述を心がけた。

一一月二五日の検査結果はさすがに厳しかった。女性のM医師が丁寧に説明してくれた。「右肺に胸水一・五リットル、骨盤内癌一二センチメートルに拡大、大動脈付近の癌も拡大。症状はこれから週単位そして日単位で急速に悪化する。胸水対策をした上で帰宅時期の様子を見る。一週間は観察必要」。

しかし、玲子は、一〇月の訪問時にY医師が言っていた「筋肉の強さの維持がたいせつ」を覚えていて、「病棟の廊下を何周も歩き、一階の売店まで毎朝新聞を買いに行き、またリハビリ室で体操もしている」と言い、この間、「充実した」時を過ごしていた。表情もきわめて明るかった。

一二月四日、胸水対策の「胸膜接着」成功。八日帰宅予定となった。だが、六日に容態が激変する。嘔吐と激しい腹痛で七転八倒。深夜、自宅にいた私に「呼び出し」がかかる。その夜は病院内泊。翌七日、MRI検査の結果説明を主任のY医師から受ける。「骨盤内の腫瘍と大腸の癒着、腸閉塞の危険。危篤状態」。

玲子の「八日帰宅予定」はご破算。

彼女の「危篤」を契機に、私は自発的に病室に泊まり込むことにした。彼女の病床の横に私のベッドも用意してもらった。数日に一度は下着類の着替え調達と洗濯のため家に戻ったが、大半の時間を病室で過ごした。私がすぐ隣にいることは、彼女の精神安定にもなるとＹ医師は言ってくれた。泊まり込みは、年を跨いで一ヵ月以上続いた。

検査結果を聴いた直後、その七日のうちに、かねてより心配してくれていた人たちに、「危篤状態」を電話連絡。

ハワイアン・誕生日会・クリスマス会──「緩和ケア」の「実」を知る

八日、「危篤、帰宅不可」に対する「激励」だったのだろう。病室まで出向かれてのＹ医師、Ｍ医師、Ｋ医師三人によるウクレレ演奏のハプニング。曲はもちろんハワイアン。「緩和ケア」の有力な「手法」であることを、私はやがて知ることになる。

八日午後、滋賀県から娘夫婦が見舞いに駆けつけた。いつも優しく穏やかな亭主、玲子の手を握っての励まし。「巡礼」までして娘の多幸を祈願したその娘の元気そうな姿を見て、玲子も笑顔。

九日、韓国ソウルから私の教え子李錫賢君が見舞いに駆けつけてくれた。両親を早くに亡くして苦学して私の指導下博士号を取得して帰国後韓国の大学教員になっていた彼は、在日中からずっと玲子を「日本の母」として慕っていた。一命をとりとめた玲子は、彼と握手をして微笑んだ。

九日は、また病院側の心温まる一大ハプニングの気遣い。一二月一一日が玲子の誕生日だったが、週末になってしまうということで、「繰り上げ」の「誕生日パーティー」。病棟の医師と看護師が総出のお祝い。目の前の厳しい現実の前に、誕生日のことはすっかり忘れていた。誕生パーティーと聞いて、初めは、わが家でなく、しかも病室のベッドに「危篤」という危機の中横たわっている妻である。しばし言いようのない複雑な気持ちが襲った。

だが、そんな気持ちはすぐに吹き飛んだ。病棟スタッフの皆さんは、ＨＡＰＰＹ　ＢＩＲＴＨＤＡＹの文字を色紙を切り抜いて貼った四メートルほどもある輪飾りを病室の壁に貼り付け（忙しい仕事の合間にこんな輪飾りをよく作ったものだ）、医師グループはウクレレ演奏、看護師グループは変装しての合唱。病室での一大ハワイアン演奏会となった。予期しなかった、まさにハプニング。しかも、病棟関係者全員一七名の「寄せ書き」のプレゼントまで。Ｍ女医の寄せ書きの言葉はこんな風だった。「三村さん　ＨＡＰＰＹ　ＢＩＲＴＨＤＡＹ　三村さんの知的な印象は私の憧れです。バイタリティ溢れる方だというのが全身からにじんでいます。これからもお手伝いさせていただく中で、その秘訣を教えてください」。医師がその患者に向けて、こんなことを書き記すなんて！

このような「緩和ケア」もあるのだ！　ただただ感動・感謝の念が湧いてきた。玲子の笑顔も格別だった。まさしく、緒方洪庵の「扶氏醫戒之略」の「之を慰するは仁術なり」の実際をここに見た。

一〇日、息子一家とお嫁さんの両親が見舞いに来る。一四年六月、大洗海岸のホテルで得意げに這い這いしていた初孫は、もう三歳、しっかり歩いている。女の子らしく頭にリボンを結んで。それでも祖母の入院事情は、まだ理解できないのだろう。どう行動していいのか、「戸惑い」の様子。

同日、親類の敦子さんも見舞いにきてくれた。

最初の「危篤」を切り抜けた玲子は、しばらく小康状態が続く。先生方のハプニングのハワイアン演奏が彼女の気持ちを強くさせてくれたのかもしれない。それだけではなかった。後日、玲子がまだ口がきける時に言ったことが、その「立ち直り」の一番の要因だったろう。最初の「危篤」のあと、Y主治医からこう言われたそうだ。「ご主人のためにも少しでも長生きしてください」と。それも仁術であったろう。玲子の「がんばり」は、私のためだったのだ。結果的に、この「危篤」時から彼女は一ヵ月以上も生き抜いた。何年経っても、思い出すたびに、私の眼頭は熱くなる…。

だが、忘れてならないのは、「少しでも長生きを」のために、Y主治医をはじめとする医療スタッフは、可能な限りの「処置」を施してくれていたことだ。「患苦を寛解し、生命を保全せんことを求むるは医の職務なり」、洪庵の説いた「医戒」をどれほど徹底して行ってくれただろうか、私は病室で四六時中付き添っていたからよく理解していた。

医術も仁術も、彼らの対応は、まさしく「緩和ケア」のあるべき姿と言っていいだろう。

「ワタシも再生して」、そして危篤

「検査入院」のはずが本格的な入院になってしまい、家に戻れそうもないと玲子は思うようになったろう、と私は想像した。家の「変化」を写真に撮って彼女に見せることにした。変化は「生きもの」にしか見られない。庭やベランダや書斎の植木や鉢植えの花の咲き具合や葉っぱの紅葉化の変化だった。

まず、彼女の入院直後、一一月二九日、日当たりのいいベランダの鉢植えの蕾だったバラが咲いた。黄色の上品な花で品種は「ピース」といった。なるほど、「平和」は花の姿・形にふさわしかった。写真を見て玲子は笑顔で言った。「よく咲いたね。こんな時期に」。

次に咲いたのは、ベランダで一度枯れたようになってしまった鉢植えのハイビスカスで、書斎に移しておいたものだった。二階の書斎は南面していてガラス面が広く、冬でも暖房要らずで暖かくまるで温室のようだった。南国のような環境だったのだろう。祈るようによく水遣りもしていた。果せるかな深紅の大輪の花を咲かせた。ハイビスカスの写真を玲子に見せたのは、一二月五日。彼女のセリフは、今も忘れない。こう言ったのだ。「すごいね！　ワタシも再生してよ」。

彼女にしてみれば、検査入院も済めば帰宅するつもりでいたし、気分もよかったころである。ほんの軽口や冗談のつもりだったのだろう。予想だにしないまさかの「ワタシの再生」の言葉に、私は一瞬固まった。どんな表情をしていたのだろう。返す言葉は吐けなかった。

そんな「冗談」の会話があった翌日の「危篤」だったから、苦しみ悶えた本人も「まさか、まさか」の事態だったにちがいない。私にとっても、ショックは大きかった。あの軽口は何だったのだ！

ちょうど同じころ、庭の山茶花が咲いた。こちらも深紅の色。そして、ついでに、ドウダンの葉がすっかり赤く色づいたので、こちらも写真に収めた。やや細めの茶葉のような細かな葉が密集して紅葉するのも見事だった。山茶花とドウダン紅葉の写真は、彼女が「危篤」を脱してひとまず安定してから見せた。

一四日、玲子が大量の下血をした。一六日、Y主治医は「危篤状態。この二、三日が山」と説明。二度目の危篤！　私は、また息子たちに連絡した。一八日、息子一家と親類の進藤秀人・敦子夫妻が見舞いに訪れた。孫は、今度はすすんで祖母の手を握った。親に言われていたのか。玲子は横臥したままだったが、孫を抱き口を開け顔をくしゃくしゃにして喜びを表していた。久しぶりの笑みの表情だった。彼らが帰った後、一度に大勢が来たのに「感じた」のか、玲子はつぶやいた。「死ぬってこういうことなんだ……」。

M医師の説明どおり、玲子の容態は坂道を転がるように急速に悪化していった。「週単位から日単位」の変化の過渡期だったか。二〇日頃になると、玲子は目を瞑ったままになることが多くなった。言葉も吐かなくなった。

二二日、病棟のクリスマス会。週末にかかるので早目の会。これもすばらしい「緩和ケア」だった。一番広い多目的ホールが会場で、患者は車いすかベッドのままでこの場に移動しての参加。病棟の医師・看護師さん全員が帽子も含めてサンタの赤い意匠で、そして先生方は例のウクレレ演奏。玲子は、二度の危篤を経ておりベッドのまま運ばれた。サンタの赤い帽子を被って。付き添いの私までサンタ帽を被せてくれた。患者には、歌詞が印刷された冊子が配られ、演奏といっしょに「歌う」ように配慮されていた。玲子は、声は出なかったが、何とこの時ばかりは大きく眼を見開いて腕を動かして拍子をとっていた。久しぶりの喜色満面だった。さすがに「祭り女」、こういう楽しいイベントは大好きなのだ。Y先生も全身サンタ姿。先生や看護師さんたちが玲子のベッドを囲んで写真に納まってくれた。

幻覚も出始め、最後の闘病

二五日。玲子、訳の判らない発言をするようになる。「幻覚」が出てきた。脈拍も高めの90台。

この日、息子家族が見舞いに来た。孫たちがいっそう成長して可愛くなっていた。ほとんど無口だった玲子は、彼らの帰り際に口を開いた。「みんな好きだよ」と。彼女の精一杯の感謝だったのだろう。

二六日。イビキをかくようになる。回診の医師に昔訪れたエストニアの自然の素晴らしさを話したという。そういえば、彼女の愛した尾瀬の湿原に似ていた。「幻覚」が出る時期に、そんな記憶が蘇るものなのか。しかも、この日の幻覚はさらに進行状態。「アリが天井や壁にうようよ歩いている」。

年内は徐々に体調が悪化していくのが素人にも解った。終日ほとんど眠っている。

三〇日、わが家の正月飾りも終えて、病院へ。こちらも「一夜飾り」にならないように、ミニ門松や輪飾りなどを病室に飾る。

三一日大晦日。正月飾りの小テーブルにインスタントの年越しソバを二つ並べる。もとより、玲子はもはやソバなど食べられないが、せめてもの年末年始の「雰囲気作り」。玲子に「いっしょに年を越そうね」と声をかけると、ニッコリと微笑んだ。いい笑顔。備え付きのテレビで「年越し番組」を観る。玲子にも聞こえていただろう、除夜の鐘の音。彼女が聴く最後の除夜の鐘になった。

翌、一七年元旦。病院の外に昇る初日の出を撮る。病棟での「最初で最後の」年初のご来光だ。あらかじめ用意しておいたおせち料理を二つの紙皿に並べる。玲子、翰弘と祝い袋に表書きした新しい箸を添えて。残念ながら、身体を起せない玲子には見えないが…。

夜中に嘔吐があったりで寝不足気味の玲子。医師はそうとう苦痛の筈だという。和らげるために強い睡眠薬で四六時中眠らせることもあるという。ただし、もはや家族とコミュニケーションはできなくなると。耳がまだ聞こえる彼女に、おおかたその話を伝えると、彼女は強い睡眠薬の投与を、目を閉じたまま手を横に振って拒否した。最後まで、苦しくてもわれわれとの「絆」の方を大事にしたいと…。その心意気に胸が熱くなった。Y医師に、強度睡眠薬不要のことを伝える。

三日、娘夫婦が滋賀県から見舞いに。玲子の安らぎの表情が印象的。娘はさすがに鋭い。「この前来たときより痩せた…」。そう、もうあれからひと月近い闘病なのだ。

昨一二月の最初の危篤からすでにひと月が過ぎた。よくぞ頑張った。Y主治医も驚嘆していた。しかし、容態は確実に悪化していた。痛み止めの薬や軽度の睡眠薬を用いての「ケア」に依って病床にただ横臥した状態が続いていた。眼はつむったまま、言葉もなかった。

一〇日、カセットでショパンのピアノ曲のCDをかけた。口のきけない玲子が掛け布団から出ている手をそっと横に振った。私は声をかける。「クラシックだめ? ハワイアンがいいの?」玲子は、かすかに頷く。かねて用意していた四枚組のCDのハワイアンをかけ直す。先生方のハワイアンのウクレレ演奏で、すっかりご贔屓になった玲子だった。あらためて、緩和ケアにおけるハワイアン・ミュージックの「癒し」の効用を認識したのであった。

逝去

実に「日単位での悪化」というM医師の説明どおりの、玲子の「最終盤」に直面する。

一二日、いよいよ容態は最悪状態になる。呼吸が自分で十分にできなくなり、鼻からチューブを入れての酸素吸入が始まった。Y医師に面談し、状況説明を受ける。「呼吸不正常、血圧低下（最高値70台）、危篤状態。お子さんたちに連絡を取った方がいい」。三度目の「危篤」。こちらの声がけにも、これまでのような反応もなくなった。つい一昨日、クラシックでなくハワイアンを所望したのに…。

夕方になると呼吸がゼーゼーという音になる。そして「アー、アー、アー」と呻くような声を出すようになった。苦しいのか、それとも最後の力で私に何かを伝えたいのか。思わず声をかける。「疲れたね。安心して眠っていいよ」。だが、そのうめき声は止まらなかった。夜九時近くになってようやく眠った。呼気の異臭も強くなった。

翌一三日、ついに玲子最後の日になった。

午前の検診で、「血圧測定不能」。測れないほど低下した。Y医師の勧めでハワイアンの曲をかけ続ける。

午後、アゴを上げて呼吸するようになる。顔の皮膚も弛緩してきた。Y医師「危篤の典型的な症状です」。

午後五時ころ、玲子の呼吸がほとんどなくなる。アゴのしゃくり上げもない。私は、病室のドアを開け、目の前のナースステーションに声をかける。「家内の様子が変です。至急先生に連絡してください」。すぐに女医のO先生とN看護師が飛んでくる。O先生が玲子の手首を握って脈をとる。しばらくして「ご臨終です。」と。そして見守っていた私に言った。「まだ聞こえます。声をかけてあげてください」。私は、思わず叫んだ。「ありがとう。いい人生だったよ」。玲子の安らかな顔…。

時計を見たら五時三〇分だった。その後、主治医のY医師が来て正式な「判定」までは少々時間があいた。結果的に正式な逝去時間は七時三〇分になった。

茨城から息子が到着するのはその後だった。私は、この間、茫然としつつも慌てて「最後の」日記を締めるべく、簡単にメモにして終えた。

葬儀――カラフルな祭壇

二年余に及ぶ末期がんの闘病だったから、「こうなる」ことは覚悟していた。しかし、いざ何も喋らず、白布を顔に被ったままわが家の畳部屋に横たわっている玲子を身近にして、言葉にならない感情にさいなまれていた。それはとても複雑だった。単に寂しいといったものではない。玲子のような純粋で、素直で、一本気で、人思いで、お茶目で、寂しがりやで、甘えんぼうで、正義感が強く、照れ屋で、そしてしばしば子供じみた、稀有な人間をこの現世から「奪い去った」天の仕打ちを、どれほど恨んだろうか。「なぜ、玲子のような人間を、長生きさせてくれなかったのか」。あまりに非情だ。悲憤慷慨というのはこういうことを言うのか。だが、その気持ちは、口外するものでも、またどこかにぶつけるものでもなかった。自分の中にため込んだまま、時を過ごすしかなかった。

悲憤の情をもちつつも、ほとんど放心状態といっていい状況だったが、やらねばならない「現実」が容赦なく押し寄せてきた。医師の死亡診断書、病院への支払い、役所への妻の死亡届、そして葬儀の手配と関係者への通知連絡。思考回路は停止状態だったが、とにかく処理しなければとの思いだった。もし、そこに、なにがしかの前向きの「情動」があったとすれば、せめて妻の「野辺送り」は悔いのないようにやりたいという一念だったろうか。

葬儀社も決まり、葬儀会場も自宅から遠くない場所になった。親類縁者への通知はもちろんだが、中学校教員だった妻のかつての同僚諸氏への連絡も欠かせなかった。そして教え子については、われわれ夫婦が仲人を務め、日ごろ付き合いもあった者一人だけに伝えた。

だが、通夜の日、私も葬儀社も「予定」「予想」が完全に外れる事態に直面する。式場の席は、親類縁者、同僚、友人・知人だけで一〇〇席ほどを予定していたのである。ところが、妻の教え子たちが百数十人（四〇代、五〇代が大半）も集まって来た。彼らの参列はほとんど予定していなかったのだ。彼らの「横」「縦」の連絡網の凄さを知らされた。もともと会場の設営は二〇〇人も超えるような大勢の参加者を予定していなかったから、彼ら教え子の多くは立ち席か会場外でスピーカーの声を聴くことになった。

会場の後ろの壁際には、テーブルを並べて玲子の若き頃から最近までの在りし日の写真を拡大して額に入れて飾った。三〇枚くらいだったか、参列者が少しでも「かつての」玲子をより身近に感じてもらえたらと。写真は、玲子が緩和ケア病棟に入院していた間に、「この日」のことを覚悟して、少しずつ選んでいた。写真の拡大と額入れ、そして陳列は葬儀社に任せた。

参列者がきっと驚いたのは、祭壇を飾る花々がとてもカラフルだったことだろう。横幅いっぱい、一〇メートル近く赤や黄や紫などの色とりどりの花が形よく壇を飾っていた。通常は百合の花を中心とした白が常識だ。だが、玲子は、かねてより「湿っぽい葬儀にしたくない」と言っていた。葬儀社にその旨を伝えてあえてカラフルにしたのだった。しかも祭壇中央の玲子の大きな遺影は微笑んでいる。この元の写真は、息子が選んだものだった。彼にも玲子の意向を伝えていたので、「それなら、これが一番いい」と笑顔の写真を選んだのだ。

初めの挨拶で、私は、玲子の「意向」を説明した。参列の皆さんは、玲子をよく知っている人が多かったから、多くの人が「ウン、ウン」と私の話に頷いてくれた。「彼女らしい」「さもありなん」と思ったのだろう。まあ、異色の祭壇なのはまちがいなかった。

教え子たちの逸話

何より、私が感激したのは、葬儀社のプロの司会者が「送る言葉をぜひお願いします」と声がけしたら、教え子たちが何十人と「ハイ、ハイ」と大声で手を挙げたのだ。司会者「残念ですが、全員の皆さんのお話を聞く時間がないので、一〇人までとさせてください」。

その一人ひとりの「思い出話」はみな感涙を呼ぶものだった。私が知らなかった玲子の教育者としての、いや人間としての実像がいろいろ語られた。

最も記憶に強く残った話。母子家庭の生徒だった女性の逸話。経済的に苦しく、修学旅行の費用が納められないのを知った担任の玲子は、全額を「立て替えて」くれたと。そしてその女生徒が成人して社会人になり、初任給でその「借金」を返そうと玲子に連絡して喫茶店で落ち合った。彼女が玲子に借金を返そうとしたら、玲子は、こう言ったそうだ。「あら、そんなことあったかしら、全然記憶にないの」と。そして絶対に返済金を受け取ろうとしなかったそうだ。初めて聞いた話だったが、いかにも玲子らしいと思った。

そんな教え子たちの話が続いた。棺の中で玲子はクシャミのし続きだったことだろう。通夜の儀式を閉じたとき、初老の司会者がわざわざ私のところに来て言った。「何年もこの仕事をやっていますが、今夜ほど感激したことはありませんでした」。

玲子の自作自演「花カンザシ」――「湿っぽくしたくない」

翌日の告別式。昨夜の通夜に出ていない人も多かったので、玲子の昔の同僚で親友の北澤清美さんが昨夜の様子、とくに教え子たちの逸話披瀝などを参列者に詳しく語ってくれた。

私は、参列者の皆さんに玲子への生前のご交誼と参列へのお礼の挨拶を述べ、最後にこう付け加えた。「闘病末期のころ、妻・玲子が私に頼んでいたことがありました。亡くなったら、きれいな花を三種選んで髪飾りにしてほしい、と。最後まで、お茶目な玲子の面目躍如です。ぜひ、棺の中の花カンザシを見てやってください」。葬儀社と事前に相談して大輪の種類の異なる花三輪を用意してもらい、棺の中の玲子の髪にカンザシとして私が飾っていた。列をなし順に棺を覗く参列者の中には、葬儀だというのに微笑む人もいた。「湿っぽい葬儀にはしたくない」と言っていた玲子は、自ら見事な「演出者」であり「演技者」だった。

祭壇のカラフルな花々や教え子たちの逸話もだが、旅立つ者が自らこんな「お茶目な」演出をする葬儀はそうそうないのだろうと、喪主ながらつくづく思ったのだった。

歌

玲子、癌発見（国立S病院・リンパ節検査）（二〇一四・九）

きのふけふ気色すぐれぬわが妻は言葉少なく肩に手をやり

「六十肩」まち医者見立てどその痛みいかな引かずと妻なげきをる

首リンパ癌細胞の所見にやわれら揃ひてむねひしぎたり

天《あま》の雲風のそよぎてとどまらぬわれ見逃さず妻の眼《まなこ》や

わが妻は日ごと日ごとに言《こと》ずくないかにあらむや夫《つま》なるわれは

国立ーS大病院入院・手術（ステージ4）（二〇一四・九）

大学の病院待合みな人の面《おも》は揃ひていとけはしけれ

病院に入りて手術を待つ妻の眼は語りをるうらもとなしと

手術済み医師淡々と語れども厳しき様《さま》にさらにうちくす

「ステージ4」せつなき現実《うつし》よ断崖《きざはし》の端に立たさる思いぞ深し

抗癌剤治療　苦痛　頭髪落ち（二〇一四～一五）

抗癌の点滴施すカウンター一から十まで数の多さよ

抗癌剤定期に受くと病院に通うタクシーねんごろになり

頭髪の抜け始めてや妻無口いやましになり女《おなご》なれこそ

寄り添はん「途」を尋ぬる心うち妻安かれとわれ夫《つま》なればこそ

誂えしカツラの高きにうれたしや人の弱みに入る小賢しさ

光明の朗かなるを望めども検査値つねに厳しくありて

嘔吐・目まい・頭痛に気だるさ副作用厳しくありて妻横臥せり

スーパーに食材探す妻の口いかに合ふかや思ひ巡らし

れいならぬ視線を背中《せな》に覚ゆつつ立つ台所けふも暮れゆく

タラ煮つけいかな酒なる隠し味合格点かや君の微笑み

夜更けて明日のためにとキウイ剥きいつとはなしに眼は霞をる

剝きながらキウイ見つめて独りごつ「妻の回復お前が握《にぎ》る」と

独りごてば霞ますます深まりて包丁止めて仰ぐしじまに

前途闇何にすがるや医師の断「抗癌剤はもう効きません」

和光森林公園散歩の習慣（二〇一五～二〇一七）

街中の喧騒もなく樹々満ちてあらまほしきは広き水面《みおも》よ

あい並びお決まりベンチ腰掛けて芝生広場の子ら眺めをり

森の中緑葉ならぬ松目立ち汝《なむじ》らもまた病を得るや

森を抜け一キロちょうどの周回路仕上げの遊歩けふも並びて

結婚記念日祝い（鰻料理店）（二〇一六・四・二六）

玲子は、気にしていたのだろう。私は彼女の病のことですっかり忘れていた結婚記念日。昨年のそれがちょうど四〇年の「ルビー婚」だった。「一年遅れ」でぜひルビー婚を祝いたいと彼女は申し出た。

忘れじと君はまうし出づ律儀にや契り日祝いをぜひにもせむと

大店《おおだな》も平日なれば空《うつろ》なりわれら通さる最上の席

上無《かみなし》の鰻重前に笑みこぼる一年《ひととせ》遅れのルビー婚なり

伊豆松崎港訪問（妹・和子の散骨場所）（二〇一六・五）

あつき想ひ妻に従ひ訪れり義妹《いもと》眠れる西伊豆の海

夏ならで客人《ひと》なき浜辺静まりて花束漂ひ波も立たねば

湾すべて心に入らむといつまでも妻佇むや終《つひ》の訪《おとな》ひ

抗癌剤治療中止（二〇一六・七）

わが妻は「緩和ケア」たる途選ぶためらひもなくウツを脱せば

しかあれど命短き運命《さだめ》なりうらもとなしは人の常なれ

けなげにや重き病を抱えつつ妻励みをる散歩とストレッチ

微笑みは失せどもその面《おも》しかとして妻の振舞い凜々しくぞある

みな人の絶えし一族憂きことに妻頼れるはわれ独りなれ

青森への旅　三内丸山遺跡、弘前城、星の宿、棟方志功記念館（二〇一六・九）

余命幾ばくもないことを、抗癌剤治療中止で「承知」していた玲子は、かねてより訪ねてみたいと言っていた「三内丸山遺跡」行きを決断した。縄文遺跡としては最大級の同遺跡は、復元施設や記念展示館が整備され、観光名所にもなるほどだった。

この時期以降、私は玲子が「行きたい」というところはどこでも「お供」することにした。彼女の人生最後の「自己主張」である。止める理由などまったくない。ただ、唯一気がかりだったのは、旅の途中で体調が激変することだった。抗癌剤にも「見放された」末期癌患者である。遠い旅先での「急遽入院」は避けたかった。

三内丸山遺跡は、発掘調査によってこれまでの縄文文化の「定説」が覆えるような事実が多数確認されている。五〇〇人の多数が一五〇〇年以上も集団居住を営んでいたこと。高床式の建物や巨大倉庫建物など高度の集落形成技術をもつこと、主食として栗を常食とし、またエゴマやマメ類も食され、それらをみな栽培していたこと（稲作の渡来は弥生時代以降）、糸魚川地域の特産品である翡翠の飾り物の出土から広域の地域交流が認められること、などである。
この青森旅行は、九月初旬で東北地方なら東京よりも少しは涼しいだろうと思って出かけたのだが、まったく「期待」は外れた。猛暑は東京と変わらなかった。暑さにもかかわらず、玲子の体調は崩れなかった。本人の意志力だったのだろう。せっかくなので、弘前城や「星の宿」などに寄った。
この旅は、子どもたちや親類など他者がいっさいかかわらない、夫婦二人だけの最後の旅だった。帰路の新幹線の中で「三日間病気のことを忘れていた。充実した旅だった」と彼女は語った。

（新幹線車中）

ひさびさの新幹線やいつとなく爆睡せるは気ゆるみてか

（三内丸山遺跡）

シャトルバス今の時勢や「ねぶたん号」駅から遺跡へ面倒もなく

（同）

見学の前に「花より団子」かな「古代米おにぎり」いとうましもて

木陰なき広き遺跡よこの猛暑汗を拭きつつわれら遊歩す　（同）

復元の住居に立て札教育の手本なるかや児童ら建てると　（同）

お茶目にやガイド真似たり君本領復元住居もさぞ喜ばむ　（同）

念願の「物見やぐら」の太き柱抱《いだ》きて君はポーズ取りをる　（同）

高名の遺跡も哭くや高圧鉄塔「物見やぐら」の背後を占めて　（同）

（同、食堂）

栗入りの「縄文ソフト」を鼻の下つけてひさびさ君の笑顔よ

（青森駅前　ねぶたの家　ワ・ラッセ）

ねぶた師の矜持まざまざ顕《あらわ》れて頭上に仰ぐ極彩の山車《だし》

（同）

「祭り女」は騒がざらむやその心中山車を巡りて君は晴れやか

（弘前城公園）

中濠にかかる朱塗りの橋のもと笑顔の君と写真に収まる

（同）

天守閣そのまま移動の数十間天上津軽氏目見開かむ

（同）
桜木の多くありてや二千本花の時節にあらまほしけり

（同）
ソメイヨシノ「世界最古」の由緒木前立つ君は「世界唯一」

（同、白神山地生態園）
好奇もて白神山地生態園拾ひし大きなまつぼっくりよ

（弘前市桜井、星の宿・白鳥座）
津軽富士すそ野の宿よ人界を離れて憩ふは贅と云ふかな

（同）
天文台はじめて覗く天体鏡土星の輪を見て君声高し

雲晴れて頭上に拡がる星世界見事に流るる天の川かな
（同）

版画家・棟方志功は青森市の出身で、当地の財団が氏の作品を収集・保存・展示する「記念館」を建て運営している。氏の諸作品の実物を見れるということで、訪れた。
氏の「わだばゴッホになる」は若き日の棟方の有名な言葉。なお、棟方志功記念館は二〇二四年三月で閉館になるという。
（青森市、棟方志功記念館）
艶やかに女性の生きる版画ぞや世界の棟方ゴッホならずも
迫力やこれぞ版画か立ち尽くす「釈迦十大弟子」比ぶものなし
（同）

記念館ぢきに閉ぢるや病押しいとなぐさめし君も嘆かむ
（同）

旅すがら重き病を抱く君弱音吐かずにわれあがまむや

（帰路の新幹線車中）

帰路車中君の面《おもて》は安らけしこたびの旅は病超ゑたり

（同）

滋賀・京都へ（二〇一六・一〇）

玲子は、青森への旅が無事に済んだことで少し自信を得たのだろうか、その後の「外出」への意欲はいっそう強くなった。

滋賀県在住の娘夫婦とその夫の両親を訪ねることになった。もとより、母親としての娘への最後の際会の目的もあったろうが、夫やその両親への「自分亡き後、娘をよろしく」という挨拶も大きな動機だったろう。さすがに、先方の両親は玲子の厳しい闘病事情を理解していたから、いたく神妙な応対をされた。娘夫婦は、われわれを当地の名所・近江八幡などの風光明媚な場所へ誘ってくれた。

せっかく京都に来たので、最後の寺院詣をすることにした。玲子の歩行のことを考慮したタクシー利用の便で、京都駅構内のホテルに宿をとっていた。最後の一日を駅から比較的近くの東山地域の寺院（智積院、青蓮院、高台寺）を訪ねた。無理はできない。移動はすべてタクシー依存だった。

智積院には日本画の名匠・長谷川等伯と息子・久蔵の障壁画が収納・展示されていて、ぜひ観たかった。玲子は、並んでいた等伯の「楓図」よりも久蔵の「桜図」の方を激賞した。絵を描く彼女ではなかったが、絵の「表現性」「画風」を見分ける能力は並々ならぬものがあった。その慧眼を再認識したものである。

青蓮院は、代々皇族や公家が門主となっていた門跡。さすがに「格式」を感じさせる庭園や楠の大木などが印象深かった。

高台寺では利休好みの茶室として知られた「傘亭」と「時雨亭」を見ることができた。三〇代の時にある自治体の文化施設「やすらぎの里」の総合計画を手がけた。その施設群のなかに「茶道棟」を設計した。その時分、多くの茶室の「勉強」をした身にとって歴史的にも名高い茶室を直に見ることは、年老いても興奮するものだった。後世の「固定化」した茶室には見られない「独創性」が、このふたつの茶室にはあった。

この時期は、「抗癌剤治療効果ナシ」の所見を出された担当医による「余命予想の期限」に当っていた。道中「何が起きても」と私自身は内心覚悟をしての旅だったが、玲子は精神力でこの遠出の旅を乗り切った。私は、口には出さなかったが、彼女のガンバリを何か「形で」讃えたかった。

帰宅後、私は、玲子が絶賛した久蔵の「桜図」を収めた大型美術全集の一冊『障壁画全集　智積院』（美術出版社）を探し求めて玲子に贈った。「望外の」突然のハプニング、玲子は相貌を崩して喜んでくれた。その本も、久蔵の「桜図」が等伯の「楓図」よりも先に収載されていた。印刷だからもとより限界はあるが、大型本の見開き別刷り貼りこみの「桜図」は、やはり見ごたえがあった。

本巻のなかで著者である美術史家の水尾比呂志は、「楓図」と「桜図」を比較した上で、父等伯と子久蔵の画風の違いを次のように述べている。「等伯の豪毅な抒情性とバロック風な豊饒さに対する、久蔵の繊細な抒情性とロココ風な典雅さ」と。玲子は、言ってみれば、「豪毅・豊饒」よりも「繊細・典雅」という日本画の真髄をその感性で「桜図」に観ていたのだろう。

なお、久蔵については、『本朝画史』（一六七八年）がその才能を次のように絶賛していた。「画の清雅さは父に勝り、長谷川派の中で及ぶ者なし」と。だが、彼は、父親に先立って二五歳で他界した。「天才夭折」を地で行くような人物だった。

なお、久蔵の死については、当時日本画界で権勢を誇っていた狩野派の「陰謀」によるという説もあるようだ（安部龍太郎『等伯　上・下』文藝春秋　二〇一五）。

京都駅いつ来てみても不快なり威圧的なるその大空間よ

（娘夫婦の自宅。付設のアトリエ兼ショールーム）

アトリエの壁に展示の作品群自らガイドの娘プロなれ

（同）

母娘並びてポーズ取りをれば君微笑みて皓歯こぼれり

（近江八幡）

江戸よりの古き和菓子舗古風にや街になごみて来者も多し

（同）

漆喰と石垣の家建ち並び八幡堀は昔《いにしへ》伝へり

（同）

屋形船そに乗り堀を巡りてぞ淡海の海を拝まほしきや

（近江八幡からの帰路）

ひつじ雲茜に染まりて空覆ひ君の来訪謝意を示すか

（野洲市）

フルコース食後のわれら満面の笑みをたたえてカメラ収まり

真言宗智山派の総本山で全国に約三〇〇〇の末寺。宗祖弘法大師と中興の祖興教大師を祀る。面積約一〇五〇坪の広大な敷地。宝物館には長谷川等伯親子の国宝障壁画をはじめ八万点の文化財を蔵すという。

（智積院）

講堂前石碑鎮座す虚子の句や「ひらひら落花」と像《かた》よ浮かべり

（同）

宝物館等伯親子の障壁画堅き収蔵国宝なれば

久蔵は「桜図」をもて人心を奪ふものかや君は動かず　（同）

「桜図」を見入りて何よりほめたたふ君の慧眼鈍らざりけり　（同）

整へる広き境内歩めども弱音吐かずや君の意気地よ　（同）

最澄開祖の天台宗の伝統を継ぎ、しかも代々皇族・公家ゆかりの人物が門主である青蓮院門跡。「新興宗教」である浄土真宗を興した親鸞はここで得度したという。表門の前に、「親鸞聖人得度聖地」の大きな石柱がいまも建っている。アプローチを含めた敷地には天然記念物に指定された樹齢八百年の楠の大木が計五本あり、いずれも大きな枝を拡げて見ものである。相阿弥作と伝わる庭園も、伝統的な日本庭園の姿を伝えている。

表門楠《くす》の大樹よ衛視ごと古き門跡厳と護らむ（青蓮院）

門跡も親鸞得度の「聖地」とや慈悲の根源学ばざらむや（同）

相阿弥の手がけし庭の「龍心池」草木《そうぼく》と和し要《かなめ》とぞなる（同）

西洋の若き女性と談笑しいかで思はむ君の大病（同）

高台寺は、秀吉没後、北政所（ねね）が秀吉の冥福を祈願して建立。彼女の院号「高台院」にちなむ。何度も火災に遭って創建時の建物は少ないが、幸い、「霊屋《おたまや》」や当初移築された茶室の名建築「傘亭《からかさてい》」と「時雨亭《しぐれてい》」が焼失せずに現存している。

（高台寺）
「臥龍廊」いみじき構へ「霊屋」に「ねね」を拝まむ昇り昇りて

（同）
「ねね」眠る「霊屋」なるや蒔絵にぞわが邦手技《てわざ》の高み偲ぶる

（同）
「傘亭」対をなしたる「時雨亭」さらさら覚ゆ独創の妙

（同）
利休好み型にはまらぬ茶室ぞやいまの「茶人」に見まはほしけれ

（同）
竹林を縫いて歩めば洩れ陽さし君の面もち健やかに見ゆ

「ラブレターを書いて」（二〇一六・一〇）

ありありて「不帰の旅路」を思ふてや君われに請ふラブレターをぞ

いかむせむ君の心はわきまへどあまりの重きに筆を運べず

たびたびの君の責めなりラブレター置き処なくむねひしぎたり

枯れ葉のスケッチ（二〇一六・一〇）

幼子《おさなご》がじっとわれ見る不審顔落ち葉拾いの秋の公園

スケッチや枯れ葉に注ぐ君の目顔そのまめざましさにわれうらなくて

大病に負けずに挑む「新手習い」前向く君の意気やたふとし

「じょうずだよ」おのづと出づるわが言葉手元見ながら君は微笑む

足の爪切り（二〇一六・一〇）

病進み君前かがみできかねてわが役になり足の爪切り

最新のすぐれた道具首尾もよく役をこなしてわれうらやすし

スツールに乗せた足ぞよ知らぬ間に節くら立ちてわれら年経り

緩和ケア病院下見（二〇一六・一〇）

三つ四つ専門院を訪《おとな》ふや「緩和ケア」をぞ心に決めて

たまぎるや待ち人あまた控へをりいかに多きや末期患者よ

巡れども君けうとしやわれ悟る末期《まつご》委ぬる「場」なればこそ

実家の墓じまいと樹木葬への改葬（二〇一六・一一）

親兄弟なべて先立ち残されし君せんなしに墓守りとなり

墓じまい病をかかへおのがでに亡きあと想ひ君ぞさかしく

親族のまたの弔ひ君が魂《たま》いかにあらむや桜木のもと

樹木葬移せる霊ややすらけく眠りたまはむわれも合掌

緩和ケア病棟入院（都立TM病院）（二〇一六・一一〜二〇一七・一）

容態のすぐれぬ君や訪問医検査入院手配せらるる

担当医結果説明ねむごろにその深刻さにわれ涙飲む

書斎なるハイビスカスの写真見て君の戯言《ざれごと》「ワタシも再生！」

かねてより薬で抑《おさ》へしわが腰痛折も折なりなどか進みて

駅降りて病院へのこの徒歩《かち》にわが腰つひに音《ね》を上げ始む

夜更けて電話さがなく鳴り響き君の容態激変せりと

「危篤なり」主治医の言にむねひしぐきのふの戯言あれは夢かは

病室にベッド並べて寄り添はむわれ能《あた》ふこと他《ほか》にあらむか

子どもらの家族駆けつけ君の面《おも》微笑み戻る幼き孫に

ハプニング三人医師が病室でウクレレ奏やこれぞ「ケア」よ

ソウルより李君来たりて手を握り涙ぐみたり「日本の母」に

またまたのハプニングなり誕生会《え》スタッフ揃ひて病室の宴《えん》

「祭り女」の君は興じてことなほり「危篤」はいつしか遠ざかりけり

しかあれどむねひしぐにや牀上《しょうじょう》に君は居着いてもはや歩まず

永らむと意気地の強さ再びの危篤乗り超ゆ君やいみじき

たまさかに家に戻ればいつのまに涙滲めり君に見せまじ

闘ひの君を想へば何ものやあらため誓ふ寄り添はんとぞ

こころとくかねて請はれしラブレターからくも書き終へ君に贈れり

いやましに柔和になれり君の面「恋文」ゆえかひとりがてんや

クリスマススタッフ総出の宴《うたげ》にや楽《がく》に腕振る君は笑顔で

「祭り女」はいかで乗らざらむ諸人の笑顔の宴これぞ「慰《い》」なれ

ありありて幻覚ならむ目をつむり君のたまはくけうとしきこと

心うち涙見せずと誓ひしがいかなせつなし君弱りゆき

あはれやな横臥せる君目も閉じてついぞ言の葉口から出でずに

年越やミニの門松輪飾りを設《しつ》らふ病室君見えずとも

大晦日「いっしょに年越そう！」声掛けに目開かずとも君は笑顔で

君聴くやテレビゆ流るる除夜の鐘ああいたはしやしまひとぞならむ

元旦や台に並べしせち料理祝箸にはわれら名を書き

うたてしや目を閉じ横臥のいまの君祝ひ膳をや見べくもあらず

遠き道滋賀より来る娘夫婦耳は聞こゆる君は微笑み

ピアノ曲ショパンのＣＤかけたれば横に手を振る君は目を閉じ

言葉なく君はかすかに頷けり「ハワイアン？」とのわが問ひかけに

洪庵の「医戒の略」を思ひ出づ「楽《がく》」なる仁術染みとおりたり

苦しみを耐えても薬の昏睡を拒みし君やうらなけてあり

われしかと君の意気をぞわきまへしわれら疎通を貫かむとぞ

逝去（二〇一七・一・一三）

この逝去に関する部分の「歌」の大半は、残る日記はほとんどメモ的な簡単なものなので、後日、落ち着いてから記憶を頼りに詠んだものである。

いまは際医師《きはいし》の促しわれ叫ぶ「ありがとう、いい人生だったよ」

眠るごと君は逝きたりやすらけくその面立ちにわれは浮かべり

生きる者なべて逝けども君の逝きいたくうらめし早すぎてあり

いまの世は人の寿命よ八十路《やそじ》超え君七十二いかな若すぎ

弱音なく二度の危篤を乗り越えし君の意気地よただに称えむ

覚悟せる君の辞世よしかあれどいと慨《うれ》たしや情は別なれ

気に入りのワンピースをや身に纏ふ霊安室の君にさしぐむ

声ひとつ無きに帰宅の君迎ふわれせつなしく言《こと》も出《いで》ずや

打ち覆ひの君横たはる傍らにただ茫として坐り続けり

永訣はかくもむげなし君の前声上げ哭かむ息子添はねば

君に添ふ息子もつひぞ言《こと》もなくいかな思ひや母を失ひ

二人なき人の人たる稀有な君無下に奪ひし天を恨めり

遺し置く君のメモにぞ忍び泣く「やさしくしてくれ、ありがとう」

香を焚く君横たはる畳部屋すでに浄土やいと香《かぐは》しく

部屋先の山茶花《さざんか》の蕾《つぼみ》なほ堅し女主《あるじ》悼みて汝《な》も畏《かしこ》むや

小春日やつがひで戯《たはむ》るシジュウカラまた飛び来たり羨《とも》しくぞある

葬儀

この「葬儀」に関する部分も当時日記も歌詠みもしていなかったので、後日、記憶を頼りに詠んだものである。

野辺送りロボットのごと整へり心はいまだ茫としつつも

しかあれど君の今世の旅立ちや堅しくあらむ気を入れ直し

葬送を「湿っぽくなく」と君の言《げん》いかに君らし守り通さむ

祭壇を飾る花々カラフルに遺影の君も笑みのこぼれて

弔問の皆ひと入りてや会場に祭壇見つめてついと佇む

喪主としてわれ君の意趣伝へれば皆ひと頷き笑みを浮かべて

君慕ひ教え子大勢寄せ来たり寒き冬にぞ外に立ち居つ

教え子らあまた手を挙ぐ声を上げ弔辞促す司会の声に

数々の披露の逸話初耳や君の「人徳」さらに沁みたり

立て替えし修学旅行費のちのちも受領せぬ君教師の鑑《かがみ》ぞ

逸話聴きさぞや身もだふ棺なか君はいみじき照れ屋なれこそ

教育の真《まこと》は人の人たるを身をもて示すやしかと諒せり

大輪の花カンザシをと君の言棺の姿まさに「祭り女」

君の意図語れば人びと列を成し棺を覗きて笑みを浮かべり

参列の送る皆ひとその面はいと和やかでいかな葬儀や

式終えて司会氏われに語りけり「永き経験最高の感動」

哀悼

文

人の死は避けられない。生きとし生ける者、必ず死は訪れる。生を、共に連れ添い育んだ者どうしもいつかは「別れ」を迎える。それは、みな解っていることだ。

「祇園精舎の鐘の音、諸行無常の響きあり。沙羅双樹の花の色、盛者必衰の理をあらわす」と綴って「無常」と「必衰」を強調したのは『平家物語』だった。もっと以前に、唐の詩人・白居易（白楽天）は「合者離之始　楽兮憂所伏」（合うは離（わか）れの始めなり、楽は憂いの伏す所や）（『白氏文集』巻一四「和夢遊春詩一百韻」（九十一韻））と謳った。

連れ合いの玲子との「別れ」は、どちらが先になるにせよ、必定であることは出逢いのそもそもからの運命だった。だが、そうは解っていても、永い闘病を最後まで傍で見届けた上での「死別」は、また遺された者には、とくに心に重く響くものだ。

実際、玲子逝去後の半年ほどの記憶はほとんど残っていない。茫然自失というのか、心の「空白」は、私自身のその間の生の行状を記憶に留めることがほとんどなかったということである。

そんな、「自失」の状況に「ひと区切り」をつけることになったのは、彼女への哀悼の歌を詠もうと思い立ったことであった。すでに半年以上の「空白」の時が流れていた…。

「空白」の半年と夢

玲子の入院中は、既述のように、日記をつけ、また病室の彼女の写真を撮るなど闘病の「実態」を克明に「記録」していたが、いざ、彼女が逝去した時には、もはや茫然自失の態でその事実を受け止める情実すらなかったようだった。

本来なら、「挽歌」というのは、まさにたいせつな人間が旅立ったその時にこそ、あるいは、野辺送りの場に立ち会ったときにこそ詠まれるものであるだろう。必然というべきか、自失状態の私には、日記をつけることも、ましてや歌を詠むような心情でもなかった。彼女への哀悼の歌を詠めるようになるには、ほぼ半年以上の時の経過が「必要」だった。

思えば、半ば「強制された仕事」のように四十九日の法要などを済ませてはいたが、この半年ほどの自分の行動についての記憶は、「例外」を覗いてほとんどない。

その例外とは、玲子が生存中はほとんど見ることのなかった彼女の夢を見るようになったことである。彼女の逝去は理性としては受け止めていたのだろうが、おそらく感性は納得しえなかったのだろう。初めの彼女の夢は、逝去後二か月ほどのことだった。夢はもともと不思議なものだが、その夢も「どうしてそんな夢を?」と思ったものである。その夢で、玲子は「草スキー」をしていた。そして私が近づくと、何と恥じらうように遠ざかり、そのまま視界から消えてしまったのである。

何で「草スキー」なのだ? 雪上のスキーは家族揃ってよく出かけたが、およそ草スキーなどやったことはない。その草の斜面の場所もまったく記憶にないところだった。そして何よりも、四〇年以上連れ添った夫を何で今さら恥じらうのだ? 視界から消えたということが彼女の他界そのものを「暗示」していたのか。彼女の逝去を認めようとしないわが感性。夢の中で彼女が「もう天上にいるのよ」と私を諭していたのだろうか。夢から目覚めたとき、私の眼は濡れていた。夢というものは、実に不思議なものだ(私は、この夢のことを忘れたくなかったので、雑記帳にメモっておいた)。

その後も、茫然と過ごす日々が続いていた。

「挽歌第一首」と青春の思い出「源氏物語」

それでも、何とか自身を取り戻して「今後」に眼を向けようと思うようになったのは、彼女の死を現実のものとしてきちんと「受け止めよう」と考えることがきっかけだった。玲子が亡くなったのは冬の最中、正月明けも間もないころだったが、そう思うようになったのはもう夏も終わりの頃だった。「そうだ、少々嗜んでいた和歌によって、彼女を悼み、偲ぶことが、そのケジメになる」、そう思い立ったのである。歌詠みが私を目覚めさせてくれた。

昔、高校三年次の古文の授業で「源氏物語」が取り上げられた時に、私は、幸いわが家にあった谷崎潤一郎の現代語訳の全集を毎夜寝る前に読むことにした。十巻以上もあったから何日もかかった。古文の原文では解りにくい物語が口語訳で読めたのは救いだった。物語の折々に挿入された歌もどれもいい歌で、これらの歌の部分は改めて古語の原文に当った。私が和歌に強い関心をもつようになったのも、この「源氏物語」読破の賜だったのかもしれない。

「源氏読破」に注力したのは、人生二度とない一八歳の貴重な青春時代を大学受験の準備のためだけにあくせくするのを潔しとしなかった私なりの矜持だったのだろう。おそらく、私が和歌の妙味に「開眼」したのは、受験勉強を脇に退け、少々長く付き合った「源氏物語」の随所に挿入された「歌」に依ったのだろう。紫式部に感謝、というべきなのだろう。

そんな昔の「源氏物語」との付き合いのことが、この玲子の「追悼」の歌詠みを始めようとした時にふと思い出されたのである。それは、その「源氏物語」の初めの部分である「桐壺」の帖で、桐壺の更衣が亡くなった時の桐壺帝の悲嘆や、宮廷の女官たちの更衣を恋い慕うというところであった。漠然とした記憶だったからあらためて「谷崎源氏」に当ってみた。その辺りの記述はこんなふうだった。

「…（帝は）お胸の中はいっぱいで、その夜はまんじりともなさらず、明かしかねていらっしゃいます。…『夜中すぎ頃にお亡くなりになりました』と里の人たちが泣き騒いでいるのを聞いて、使いの人もたいそうがっかりして帰って来ました。それを聞し召すお心のうちはどんなでしょうか。…引き籠っておいでになります」

「…人柄がやさしくて、心に情愛があったことを、お上附きの女官なども語り合うて恋い慕うているのでした。ほんに、『なくてぞ人は』とは、こういう折の心持でありましょう」

二段目の「なくてぞ人は」が、私の最初の「追悼歌」（挽歌）のカギになった。藤原定家の『源氏物語奥入』（注釈書）は、この箇所に次の歌を引用していた。

あるときはありのすさびに憎かりきなくてぞ人の恋しかりけり

だが、女官たちの情はともかく、更衣を寵愛してのちの光源氏になる一子をもうけた帝の立場にすれば、その心境は「憎い」はずもなく、私は定家の「奥入」を参考にしつつも他の歌を探してみた。『古今和歌六帖』に、「これ」という歌を見つけた。

あるときはありのすさびに語らはで恋しきものとわかれてぞ知る

これは「詠み人知らず」の失恋の歌ではあったが、私は、この歌の方を「本歌取り」して、次のような歌を詠み、事実上の「挽歌第一首」としたのである。

あるときはありのすさびに語らはで亡くてぞ人の恋しきをしる

実際、「第一首」ができると、空白とでも云うべきそれまでの私の心は何か「ふっきれた」ようになった。本来の意味での「玲子挽歌」の歌詠みが、このときから始まった。最初の「挽歌五首」はすぐにできた。五〇歳の頃に歌詠みを始めた時に読み出した、『万葉集』『古今和歌集』『山家集』『金塊和歌集』などの古典や『赤彦歌集』『斎藤茂吉歌集』などの現代和歌集も、あらためて読み直すようになった。『万葉集』の

「三部立て」のひとつである「挽歌」は、実のところあまり面白くなかった。むしろ、「相聞」や、他の歌集の「恋」部の歌類がはるかに心に染み入ってきた。

それはそれとして、体調のこともあって、もはや「非日常」の旅もほとんどしなくなった私は、自らの日常の世界に眼を向けながら、玲子哀悼の歌を詠むのが常となっていった。それまでの歌詠み同様、指導者のいる歌会や同人誌にいっさい関わりをもたなかった。「自分流」である。自分流ということは、換言すれば「自分次第」をも意味していて基本的に「自由」「気侭」であった。いついつまでに何首などという任務・課題はいっさいない。「自由さ」が身上の歌詠みである、当然、その数も多くなるはずもない。義務感のないのは、むしろ私の「沈んだ」心情には好都合だった。玲子を想い、自然と哀悼の情が浮かんだ時に詠むのだから。

二度目の玲子の夢を見たのは、九月初めのまだ暑いころだった。ちょうど、玲子への哀悼の歌五首を詠み終えたころだった。私は、学生時代から「夜型人間」で原稿類を書くのはたいてい人が寝静まった深夜の時間帯だった。そのころも夜更かししていた私だが、どこから入り込んだか、書斎にいた私は時々蚊にくわれた。そして、蚊取り線香を焚くのが日常だった。

二度目の夢は、深夜の書斎に玲子が現れて言うのだった。「線香臭い」と。そして、何と後ろに、一二年前に亡くなった玲子の父親が続いていたのである。義父は、若くして妻を亡くして独り暮らしが長かったのでわれわれが同居することになった。義父との生活も三〇年以上も長かったから、実の親のように接していた。だが、義父の夢はそれまで一度も見たことはなかったのだ。何で、「線香臭い」と言って、私の書斎に真夜中「文句」を言いに、玲子と義父が揃って出向いてきたのか？　夢はつくづく不思議だ。

実際は、書斎とは障子一枚隔てた部屋に寝ていた私が、ただ蚊取り線香の残り香に寝苦しかったというのが真相なのかもしれなかった。だが、そうだとしても、どうしてわざわざ玲子が出てくるのか？　そうか、玲子はつい八ヶ月前に黄泉に旅立って、父親に会ったのか。そして、私に書き遺したメモに「メソメソしないで」とあったように、「抹香臭くなるほど線香を焚きすぎて、めげていなさるな」とわざわざ「慰め」にこの俗界に降りて来てくれたのか、私はそのように自分を納得させることにした。哀悼歌をしきりと詠み出して、自分のことを文字にして「形になる」ほどに悼むことへの、彼女なりの私への「気遣い」「忠告」だったのだろうと…（二度目の玲子の夢も雑記帳にメモっておいた）。

玲子への哀悼歌を詠むようになって、それ以前にとくに旅の折々に詠んだ歌を「記録」していた「和歌雑記帳」と表書きしたノートを引っ張り出して見るようにもなった。そんな昔の歌類を読み直すなどということはそれまでになかったことだった。本書第一部の「回想」部に収載したのがそれらの歌である。

何よりも感じたのは、旅の歌は、それはそれで「在りし日」のそして「非日常」の故人との時と場の共有を想い起すものとして、いわば叙事的に意味のあるものだが、「直接に故人を偲ぶ」ものとはまったく異なるということであった。「哀悼歌」というまさに「悼み」の情動、情実の発露である歌は、まさしく「抒情」であるべきことを再認識したのである。

ここでの挽歌（哀悼歌）は、転居前、東京の家に独居していた時に詠んだものは「我が家にて」と題し㈠から㈤まで時期の異なるものに分けた。転居後の哀悼歌は、「ひたちなかの新居にて」と題して二年半の間に詠んだものをまとめた。

二度目の「長歌」を、「天上の君へ」と題して、このたび玲子を悼む締めの歌として詠んだ。後に掲げる。

私の入院・大手術

この間の私個人にとって大きな「変動」は、かねて苦しんでいた腰痛について、脊柱管狭窄症がはっきりし、入院して手術したことだった。それまで近場の整形外科で痛み止めの薬を処方され、なんとか凌いでいたが、とうとう「もう手術しかない」との「ご託宣」をいただくほど悪化していた。「その道」の権威の名医がいるということで、広尾の日赤病院での施術だった。まる六時間の大手術だった。息子が茨城から駆けつけて手術中「待機」してくれた。手術自体は大成功だったが、あらためて、高齢者にとって横臥の「後果」の怖さを知ることになる。手術前後の約三週間ベッドに横たわっていたことで、足腰の筋肉がすっかり萎えてしまったのである。その後のリハビリがたいへんだった。一度萎えた筋肉の回復は、高齢者にとってこれほど酷なものだとは、経験して初めて解った次第。

転居　常陸の土地へ

もうひとつの大きな「変化」は、茨城県ひたちなか市への転居であった。二〇二一年七月、独り身で手術後の足腰の不自由を抱える老いた親を気遣った息子、その家族の近くに居を変えることになった。永年住んできた練馬・大泉の家を去るのも、数々の歌詠みの対象になっていた庭の山茶花や椿、ドウダン、ボケなどの樹々との「別離」はともかく、何よりも何十年と玲子と寄り添ってきた「場と空間」からの離脱は、何物にも替え難い「歴史」そのものの「閉幕」に思えて仕方なかった。人生終盤のこうした「土地離れ」は、言い知れぬ寂寥感なしにはありえないことも、身に沁みて感じたものである。

しかし、どんな土地でも旅行者でなく住人として住み着いてみると、その土地の持っている風情の個性や良さに気づくものである。既述のように、ゲニウス・ロキ（土地の精霊）はそれぞれその土地に固有の存在であり、その「土地の精神」を唯一無二のものとして形成するのである。

もともと、茨城の地は『常陸国風土記』にも記されたように、古代からよく知られた土地であった。この茨城の土地、「ひたち」の名を冠する所への転居に当り、その「ゲニウス・ロキ」を確認するためにあらためて『常陸国風土記』を覗いてみた。

『常陸国風土記』は、藤原不比等の息子の宇合が国司の時に編纂されたという。当時その下僚だった「歌人」高橋虫麻呂もその編纂に携わったとされる。その「序」（総記）にこの「ひたち」の地名の由来が述べられている。

然号《しかなづ》くる所以《ゆゑ》は、往来《ゆきき》の道、江海《かはうみ》の津済《わたり》を隔てず、郡郷《くにこおり》の境界《さかひ》、山河の峯《を》谷《たに》に相続く。直道《ひたみち》の義《ことわり》を取りて、名称《な》と為《せ》り…

（そう名付けた由縁は、往き来の道路が大河や海の渡し場を隔てることなく、郡郷の境界線が山河の峰や谷に続いているので、真っ直ぐな陸路の意味を取って、国の名としたのである。…）「『風土記 上』中村啓信監修　角川ソフィア文庫」

確かに、茨城県は隣接の栃木県、福島県との境界付近は山地になっているが、それも高くはない。古代、律令制のもと都を中心に整備された「七道」のひとつ東海道は、東進して相模国・武蔵国・下総国を経て常陸国へと平地を「真っ直ぐに」延びていた。そして北行して陸奥国（現在の福島県）に入って東山道と合流し、さらに陸奥国の奥地（現在の岩手県）まで交通の「往来」を担っていたのである。

その常陸国は、『常陸国風土記』にも「常世の国」と述べられていたが、古代から山の幸、海の幸が豊かで、今も、広大な大地が拡がっており農業、酪農が盛んで、北海道に次ぐ第二の「農業大国」である。

また、『常陸国風土記』に戻ってみる。富士山と筑波山のそれぞれの「有り体」を物語る「筑波郡」の一節は、よく知られた話であろう。天の祖先の大神が日が暮れたので富士の神に宿を乞うたが断られ、筑波山に飛んで頼むと、筑波の神は食事まで用意して歓待してくれた。大神は喜んで筑波の地が未来永劫栄えるとの歌を詠む。

愛（は）しかも我が胤（こ）　巍（たか）きかも神宮（かむみや）
天地（あめつち）と並斉（なら）び　日月（ひつき）と共同（とも）に
人民（ひとくさ）集ひ賀《ことほ》（ほ）ぎ　飲食（をしもの）富豊（ゆたか）に

代々に絶ゆること無く　日に日に弥栄（いやさか）え
千秋（ちあき）万歳（よろづよ）に　遊楽（たのしび）窮（つ）きじ
（いとしいことよ我が子孫　高々と立つことよ（筑波の）神の社　天地・日月と等しく永遠に並び　人々はこの神山に集い寿ぎ　飲食の供え物はたっぷりと　いつまでも絶えることなく　日毎にますます栄え　千年万年の後まで　遊楽（たのしみ）はつきないであろう。）「前出『風土記 上』」

高橋虫麻呂が常陸国国府に赴任していた時期に詠んだとされる常陸国関連の歌も三十四首ほど『万葉集』に収載されている。虫麻呂が長歌に詠んだ「歌垣」に象徴されるように、とりわけ筑波の地は、古代から人々の信仰や行事、歌詠みの盛んな場であった。
『万葉集巻十四』の「東歌」には常陸国の防人らが詠んだ「雑歌」「相聞歌」が十二首採られている。その相聞歌から三首を引用する（岩波古典文学大系『萬葉集 三』より）。

妹が門いや遠そきぬ筑波山隠れぬ程に袖ば振りてな
筑波嶺の岩もとどろに落つる水世にもたゆらにわが思はなくに
常陸なる浪逆の海の玉藻こそ引けば絶えすれ何どか絶えせむ

また、常陸国は律令制において、東国ではきわめて重視された「大国」として位置づけられ、その国司は親王や高官が任じられていた。

もともと、この常陸国の中心地は、国府が置かれ国分寺もあった現在の石岡であったが、戦国時代に佐竹氏が水戸を中心に勢力を張るようになってから、水戸に移った。徳川氏がその佐竹氏から支配権を奪ってのち、黄門（水戸光圀）に代表される将軍家ゆかりの地になった、その苑「偕楽園」は今も梅花の名所として大勢の人が訪れる。ひたちなか市の港「那珂湊」は、その昔、水戸藩の重要な外港であり、近くの小高い丘に拡がる「湊公園」は水戸光圀の別荘の跡地である。その一画には「ふれあい館」があって往時の歴史がよく知れる。

北に眼を転ずれば、現在の北茨城市の五浦には、日本画の再興に尽力した岡倉天心が居住した場と彼が設計建立した六角堂が遺っている。さらに北上して県境の大子町に至れば、国名勝の「袋田の滝」がある。高さ一二〇メートル、幅七三メートル、四段に落ちる滝は見ごたえがある。冬季の「凍れる滝」も一見の価値あり。

名所はともかく、都会を離れて日常の生活の中で感じるこの土地柄の「新味」は、その空気のウマさと清澄さである。ことに、夕焼けの茜色の西空は圧巻であり、またとりわけ冬の夜空の瑠璃色の濃さも、排気ガスの多い都会では味わえないものである。

それと、感心したことは、晩秋になると身近な公園の池にまで北からの渡り鳥がやってきて、群れをなして水面を賑わしていることである。まだ灰色の幼鳥も交えた二〇羽ほどの白鳥を目の前にするなどということは、都会人には動物園でしかありえない光景なのである。家に出入りするケアマネジャーさんに、そんな白鳥の話をしたら、「私の町では二〇羽どころじゃない。五、六〇羽はいますよ」と。渡り鳥が毎年静かに安心しきって過ごしているということは、土地の人びとが危害を加えることなどなく、優しく見守っているということなのだろう。

「土地柄」とは、自然や歴史のみによって形成されるものでもない。私は三〇歳代前半の若い頃から、筑波の地の大学に務めてきて、この常陸の人びとの「人柄」に触れて来た。何といっても、東京生まれ東京育ちで「標準語」しか知らない者には、この土地の「方言」はとても個性的だと思ったものである。ことに、路線バスに乗り合わせた時などに老女どうしが会話していて聞こえてくるもの言いには、私は、いつもこの地の素朴な「原像」に触れる思いをしていた。「おらあ、…でようよ」「んだか?」「…だっぺ」「いやー、いがっぺな」「あん人あ、ごじゃっぺなあ」…。

今は、この地の若者たちはまずこうした方言を喋らなくなった。言語に限らず「地方色」が消えてゆくことは、土地々々の風土性や個性がなくなることを意味しよう。それでいいのだろうか。

『万葉集』巻十四は、既述のように東国出身の防人などが詠んだ歌を「東歌」としてまとめて編んでいた。その巻の解説にもこうあった。

「多くの歌に見られる生で粗野で力強い詠み振り、農民生活に密着した素材、豊富な方言などの醸し出すものは、やはり集中の異彩であって、大和からの旅行者などの俄かに生み出せるものではない。…しかして、この巻の魅力は、この類の田園調、野趣のある生命観にあるのである」（前出、岩波古典文学大系『萬葉集 三』）

転居後、この常陸の「新地」に住まうようになった身として、「雑歌」も含めて、この地で玲子を悼む歌は、もとより「方言」などは望むべくもないが、東京の旧居では詠めなかったようなこの地ならではの趣が出せたら、というのが私の希いである。

そんな思いもあって、「新地」についていろいろ知ることを心掛けた。手術後の体だから若い時のように何時間も歩き回るという訳にはいかないが、近場の「これ」という所の場所巡りをやった。知らない土地のあれこれについて接することは、それはそれで興味深いものがあった。たとえば、埴輪制作場があった「馬渡はにわ公園」や前方後円墳群の「虎塚古墳」、横穴墓群の「十五郎穴横穴墓群」など身近に存在する古代遺跡を実際に訪ねてみて、この地の情況に合わせた往古からの人の「息吹」を感じたものである。永い年月にわたって、人びとはこの地の「情況」に「生かされて」きたのだ。やはり、この地にはこの地特有の「精霊」がいることを感じた。

玲子逝去後しばらくの「空白期」から完全に立ち直ったのかどうか、自分にはよく解らない。ソファーに臥して寝てしまい、気づいたら目頭が濡れていた、などということはなくなった。だが、彼女のことを思わない日は、七年後の今も一日もない。もちろん、四六時中などということはありえないのだが、美しい茜色の夕焼け、瑠璃色の夜空満天に浮かぶ星々、葉の落ちた枝に残る柿の実、雑草の中でしきりと啼く虫の声などに心が惹かれた時に、彼女のことをフト想うのである。

人の縁（えにし）というのは、かくも深いものなのだろうか。老境にあるこの身、自分が今を生きることへの「拘り」を自身に問うとしたら、それは、不本意ながら先立った妻の分も一緒に自分が生きる、ということであるにちがいない。独りで在ることの孤独感、寂寥感を堅忍しつつもそのために生き続けること、それこそは故人への哀悼そのものにほかならないと思うのである。

「挽歌」というものは、残された者がそのように生きることの率直な確認と自覚の表象なのであろう。それは、短歌であろうと長歌であろうと、五・七調の音律に仮託した心情吐露にほかならないということである…。

さらに、フト思う。老境にあっての「生」について、どう「ありたい」のか。妻もそして何人かの友人たちも心ならずも傘寿を前に逝った。私は、僥倖、いや天の仁慈によって生かされて傘寿を超えた。無為に過ごすのは、彼らにも天にも申し訳ない。

玲子も私に遺したメモで語っていた、「メソメソしないで」「いきいき生きて」と。前を向いて生きろ、ということだろう。精神のあり様は、自分次第にちがいない。歳を重ねたことの意味もあるはずだ。

故人も唱えていた。「七十、己の欲する所に従ひ、矩を超えず」（孔子）、「老境の報酬は精神の自由」（モーム）…。独り身の老いは確かに嘆かわしい。だが、「生かされて在る」ことを自覚するなら、ただ嘆くことでいいのだろうか。もう、何も縛られるものはないのだから、まさに欲するごとく自由に、精神を解き放って羽ばたきたいものだ。そう、思い出した。旧友を哀悼した長歌にも詠ったではないか。「我ら精神（こころ）の遊び子、翔びて遊ばむ」。そう、前を向いて翔びたいものだ。その先に何があるのか、それはまた己次第、少なくとも、無為ではないにちがいない…。前に翔ぼう！

歌

初めての玲子哀悼の歌五首（二〇一七）

既述のように、『源氏物語』の「桐壺」の帖を想い起して、本歌取りで「挽歌第一首」を詠んだ。同帖の「なくてぞ」がキーワードとして結びついたものだった。第一首が生まれると、二首以降はそれほど悩むことなく詠むことができるようになった。彼女の逝去後、すでに半年以上の時が流れていた。ここでは、「最初の五首」を掲げる。

第二首の「キウイ」は、「回想」の部でも詠んだのだが、玲子が抗癌剤も効かなくなり台所に立つのがつらくなったので、私ができるだけサポートするようになって、彼女の朝食にスライスしたキウイフルーツを用意するのが習慣になっていた。それを逝去後も踏襲して仏壇の朝の供物にしていたのだった。仏壇の中には、位牌と並べて彼女の遺影を小さな額に入れて収めていた。

あるときはありのすさびに語らはで亡くてぞ人の恋しきをしる

あさいちに手向けるキウイつねながら霞み霞みて君が御影よ

テーブルに独り食してあぢきなしふと眺めをる君が椅子かも

遺し置く女々しくすなと君が文いかに在らむや男の子しなれば

君想ひソファーに臥していつとなく目覚めてみれば目頭は濡れ

屋久島ツアー（二〇一七・一〇）

二〇〇五年八月に、妻・玲子とその妹・和子は二人で屋久島旅行をしていた。前年に和子の癌が再発し、この年の六月には彼女らの父親が逝去していた。「一族」で残された二人でもあった。考えるところがあったのだろう。姉妹二人の旅行などこれまでほとんどなかった。彼女らは、あの縄文杉を身近に見たという。その山道の昇り降りの「苦労話」も聞かされた。

そして、和子はその三年後の二〇〇八年に他界、玲子もついに二〇一七年に逝った。柳原家はこれで名実ともに絶えることになってしまった。

玲子の逝去後の「空白」期からようやく脱しつつあった私は、ずっと家に籠っていた自分の「精神転換」を兼ねて旅に出ることにした。彼女の逝去から九ヵ月が経っていた。そして、二人の姉妹が「最後の旅」をした屋久島を、彼女らの「追善」を兼ねて旅先に選んだのだった。

腰痛の持病を抱えていた私はとても一人旅はできそうもないので、ツアーを選んだ。何しろ長距離の歩行はキツイので、旅行会社に電話で問い合わせた。「このツアーは相当歩くことになるのでしょうか」と。返事は「それほどでもないです」ということで参加することにした。

一〇月ともなれば、気候は安定して雨天になることもあるまいとの思惑は、見事外れた。もともと海抜ゼロメートルからほぼ二〇〇〇メートルの高山まで円錐状の島、天候は変わりやすく雨の多いところ。気象事情は、季節も含めて本土の平野とはまったく違うことを痛感させられた。

ほとんど毎日、原生林のような山地を林道に沿っての「雨中の行軍」続きだったのだ。しかも「行軍」の距離は「それほどでもない」どころか、「半端でない」ものだった。よくぞ、腰がもってくれた…。

ツアーのメンバーは、男三人、女三人の計六人で、みな定年退職後や子育て終了後の中高年だった。もっとも、ウィークデーの三泊四日の旅などは、現役の人たちが参加できる筈もなかったが。男三人組は、旅行後も交流を深め「屋久島会」なるお付き合いをするようになった。

腰痛を押しての山歩きはこたえたが、それでも、めったに見ることのない苔むした森林地帯に足を踏み入れ、「弥生杉」や「紀元杉」などの杉の大木を間近に見ることができたのは、得難い体験だった。苔むした森林は、有名なジブリのアニメ「もののけ姫」の森林のモデルだったと聞いたことがあるが、実際に、めったに接することがないような極めて珍しい「苔むした」空間の中を歩いている自分たちが、まるでアニメの登場人物のように思えた。

何よりも、屋久島の原生林ともいえるような自然に触れ、そして同行の人たちと語らったことは、家に籠りきっていた私自身の精神の「開放」と「転換」に大きな意味があったようだ。玲子を悼む歌を「苦渋」の思いもなく詠めるようになったのは、この旅以降であった。

霧を抜け見下ろす島影白波の寄せる岸辺よプロペラの音

（鹿児島空港から屋久島空港への乗り換えプロペラ機の中）

（千尋《せんぴろ》の滝）
山肌を削りて落ちる大滝や雨を集めて音とどろかせ

（中間のガジュマル）
滝のごと根張るガジュマル三百年そが下潜りて畏れがましき

（大川《おおこ》の滝）
滝壺に大小の岩ごろごろと人びと戯《たはむ》るしぶき浴びつつ

（ガイド兼小型バスの中年運転手氏の惚気《のろけ》話）
紛れなき標準語ぞやガイド氏は当地の娘に惚れて居着くと

（西部林道）
猿たちは人を恐れず群れなして車道に憩ふ土地の主なれ

ウミガメの産卵地とや白き浜いま神無月人影もなく
（永田いなか浜）

嬉々として跳び来る水着の三女性「どこから？」問へば「スウィッツアランド」と
（同）

パラダイス大洋臨む白浜は海なき人びとはるばる訪《おとな》ふ
（同）

ジオラマの猛《たけ》ける火口ぞ生々し繁く怒れる口永良部島
（環境文化村センター）

屋久島の名所のひとつ、アニメ「もののけ姫」の舞台モデルといわれる「白谷雲水峡」は、降雨のため増水して渓流を渡るのが難しいとのガイド氏の判断で、本来の「奥地」まで行かずに、手前の「弥生杉コース」に変更となった。だがこちらも、雨中の山道を雨合羽を着ての「行軍」で、けっこうたいへんだった。それでも苔むした森林の様子や巨大杉を見ることができ、「雨中行軍」の甲斐はあった。

（白谷雲水峡、弥生杉）

杉大木ダイダラボッチや仁王立ち裸枝《はだかえ》拡げ雨中に吠えるか

（同、弥生杉コース山道）

苔厚くむす岩や木を縫ひて行く細き谷川疾《と》くぞ流るる

（同）

「なんだこれ、けっこう歩く、登山じゃん」我ひとりごち最後尾行く

（同）

山道はつらくあれども現わるる原生の森「姉妹」も愛《め》でしや

水煙り音立て落ちる急流や渡る吊り橋足は震えて

（同、「飛流おどし」「飛流橋」）

ずぶ濡れの靴を乾かす専用機さすが屋久島初めて出遇ふ

（ホテルにて）

整《ととの》ふる木道行けば栂《つが》大木横這《は》ふ太枝下をくぐれり

（ヤクスギランド、「ときめきの径」「くぐり栂」）

江戸昔伐られ倒れし古木にや巨《おお》きシダ生《は》へ時は流るる

（同、土埋木）

三千年岩の如くに樹皮成して堂と鎮座す汝《な》に畏《かしこ》めり

（紀元杉）

（帰りの機中）

追善の旅と思へど屋久島やわれこそ癒さるいかでなかなか

我が家にて㈠（二〇一七～一八）

わが涙しぐれの雨に紛ればや折しもあれと木枯しぞ吹く

罪深し君の生まれ日忘れをり一日遅れのあかまんまかな

ミニサンタ明滅してや浮かびをる君の御影よ月の命日

群れなかに君欣々と歌ひてし「合唱」の季《とき》また来たりける

亡きあとは花かんざしにと君請ひし赫き山茶花また咲きにけり

「私も」と君戯れし「再生」のハイビスカスやこの暮れも咲く

年初めかの山茶花を手向ければいや増しに見ゆ君が微笑み

玻璃《はり》光る一輪挿しのさもあらむ透きとおりたり君が生きざま

君逝きてひと歳《とせ》経るや風になり吹き渡らむか広き蒼空《あおぞら》

ひと歳《とせ》のはやきめぐりや言《こと》も出《い》ず御影の前の供花《くげ》の群れかな

あらたまの年も変わりて供花の群れ心もしのに君が面影

本意《ほい》ならず逝きし君なれ雁がねの帰る習ひと思はましかば

ゆくみずの過ぎたるひと歳いとはやく覚えざりしやわが振る舞いぞ

三歳《みとせ》経て立ち直りたりと人の云ふいかなものかはこのはかなしや

一膳を備ふる苦労身に沁みて君に感謝よ台所立ち

三回忌（二〇一八・一）

我が家の墓は、群馬県・藤岡市の寺の墓地にある。毎年、旧盆の時期になると、小学生になる前から父は長男の私を連れて墓参りをした。昔は、高速道路もなかったし自家用車なども普及していなかったから、早朝一番の電車で出かけたものだ。それが、今や、関越道を行けば練馬から約一時間で行く。距離感は確かに短くはなったが、地理的な自然環境はそうそう変わるものでもない。夏はともかく冬の群馬は寒い。玲子の命日は、極寒期の一月一三日。ことに寺の本堂は、天井も高く広々としており、空調などもしていないから、寒さはひとしおである。

玲子の遺骨は、逝去後の四十九日の法要でこの寺の墓に納骨した。この日は、「三回忌」の法要であった。

読経の声ただ響きたる本堂に君も凍《し》むかや上州の冬

真新し塔婆立ちたり奥津城よああひと歳も君は眠れり

平らけき心もてなほ呟けり「がん恐るべし・・」君が無念よ

李君来宅（二〇一八・一）

「闘病」の部でも記したが、私の大学院での教え子の李君は帰国後、韓国の大学教員になっていたが、「日本の母」の玲子の入院中にソウルから見舞いに来てくれた。そして逝去後にもわざわざ線香を手向けに拙宅まで来てくれた。当日は、雪の日だった。

雪の中徒《かち》にて訪ねし李君に「日本の母」の君も嬉しや

李君は君の遺影に合掌しただただ黙す母と慕へば

李君の好みし君がポテトサラダわれ作れりを帰路のみやげに

我が家にて㈡　(二〇一八)

健気にや亡き君偲ぶか厳冬のこたびも咲けるハイビスカスよ

春立ちて君の習ひや雛飾り並べ並べて夜も更けにけり

（若竹千佐子「おろおらでひとりいぐも」を読み）

「おらおらでひとりいぐも」と叫びしを君逝きしときわれ賢治ならば

桃小枝日ごとに開く蕾らよ御影の前はすでに春なれ

山桜咲き満ちたりや御影前君酔ひ痴れよ「祭り女《め》」なれば

四歳の孫の送りし「キリン絵」を見れば霞めりその健気さよ

「おいずみのじいじ」の文字ぞ浮かび翔ぶ君微笑めよ孫は萌え出づ

庭先に君の見慣れし寒椿咲き始めたり春の陽のもと

御影前花群れるなか遅咲きの寒椿生《い》く春分の日に

けだものの咆哮のごと吹き荒ぶ春の嵐に君も怯えむ

ドウダンの白く小さき花々よわれら在りとて咲き誇りをる

ドウダンの花いと愛《いと》し「ごめんね」と声かけ手折り君に手向けり

四重奏演奏会（和光市）（二〇一八・四）

玲子の親友の北澤清美さんが世話人となって行われていた弦楽四重奏の演奏会。演奏グループの名は「クアルテット・ノッツ」。ノッツというのは「結び目」のこと。四人の団結心を表象した名なのだろう。

和光市の喫茶店「ツー・テン・ジャック」が会場だった。二月か三月に一度程度の開演。ぎっしり聴衆が満員になると三〇人ほど。ほとんど初回からもう何年も夫婦で通った。すぐ目の前で生演奏が聴けるのは最高だった。クラシックが本領だったが、後半のリクエスト・タイムでは、シャンソンや映画音楽なども演奏して楽しませてくれた。二〇一一年の東日本大震災後は、最後に彼らの伴奏で「花は咲く」を聴衆皆で合唱するのが恒例となっていた。

玲子の逝去後も、私は一人で演奏会に出かけた。

二人して通ひし茶店《さてん》の演奏会独り聴く音《ね》は重々しきや

四重奏また楽しまむ傍らに小さき御影そっと立てたり

例のごと会の終わりは皆立ちて心それぞれ歌声合はせ

「花は咲く」合唱の声満ち満ちてみちのく想ふ七歳《ななとせ》も過ぎ

我が家にて㈢　〈二〇一八〉

君居りしテーブルの方《かた》微笑みの御影を立てて食すわれもが

大空を優雅に泳ぐ真鯉かな節句飾りの廣重の筆

ぬいぐるみ地蔵人形埴輪たちカブト被りて賑はひにけり

君も寂しカブトを被るドラえもん五月の節句孫は来たらず

人形ら『おりがみカブト』よ生き生きと絵本創りて孫に贈れり

武者飾り節句過ぎては箱仕舞ひ年年歳歳腰痛忍びて

隣家母子手向けしシャクヤク凛として娘に育つその子見るたび

大輪は君に相応《ふさわ》しシャクヤクよ御影に映えて月の命日

君の苦労わが身に沁みる今日もまた立つ台所慣れぬ薪水

叔母のごと君の慕ひし人訪ね目頭滲む昔話に

独り身のわれを気遣ふ出来立てのソバと天ぷらただ有難し

帰り際君が御影へ手折られし庭先のバラもそひとも香はし

ナス・キウリ割り箸の足踏ん張りてはや再びの盆の来たれり

提灯と行燈に君宣はむ「灯さなくても迷いませんよ」

ぐうたらと過ごすわれ見て君微笑むか酷暑続きてただぐうたらと

空高く涼風通り君もまたひと息つくか先の酷暑に

娘らに配りて遺るわが許に君が形見やいとやごとなし

四歳の孫の作品「ばあちゃんへ」額装してや壁に飾れり

水色の折り紙の星連なりて天上の君孫と逢はんや

息子家族と信州旅行（白樺湖）（二〇一八・八）

独り住まいの親を気遣い、息子夫婦が信州への家族ぐるみの旅に誘ってくれた。三人の孫たちがまだ四歳、二歳、五カ月と幼かったので、家族総出の旅はたいへんだったろう。場所は白樺湖畔。ホテルに隣接して遊園地もあり、孫たちは大喜びだった。蒸し暑い八月、東京でクーラーをつけての自宅籠りから開放されて、涼しい信州で可愛い孫たちと過ごせたのは、いい癒しになった。（今年、全員小学生になった孫たちが読んで解るように「言い回し」もふくめアレンジし直した。）

（ホテルのへや、五かげつの　おんなのこの　まご、まだハイハイもできない）
シーちゃんは　じゆうにならない　じぶんでは　なきべそかいてる　ふとんのうえで

（ホテルのしょくどう、四さい一〇かげつの　おんなのこの　まご）
カエちゃんは　トレーにビュッフェの　たべものを　やまもりにして　ピースサインだ

（ホテルのしょくどう、二さい五かげつの　おとこのこの　まご）
ジュンくんも　まねしてフォークで　がんばるが　うまくいかずに　ママたすけぶね

（ファミリーランド）
ハンドルを　しっかりにぎり　まじめがお　ジュンくんまたがる　パンダのりもの

（ファミリーランド）
のぼっては　きゅうにおちてく　リフトだよ　カエちゃんよりも　パパがよろこび

（ファミリーランド）
ひこうとう　グルグルまわる　ダンボだもん　ママのえがおが　きょういっとうしょう

（白樺湖俯瞰）
高原の緑に囲まる湖のうらら水面《みなも》や見るも和《な》ぎたり

（帰路車中）
財布にや小さき写真携へてこたびの旅も君は道連れ

クリスマスの飾りつけ、サンタ帽子を人形たちに（二〇一八・一二）

玲子は、雛祭りや端午の節句、クリスマスなど一年の「祭り日」に合わせて家の中の飾りつけをいつもきちんとやっていた。もとより、子どもたちの健やかな成長を願い、祝福するのが目的だが、彼らが成長して大人になって結婚し、それぞれ家庭を築いて家を出たのちになっても、その慣習を続けた。家庭をもっても子どもは子ども、かれらや孫の幸せを願っていたのだろう。そして、そうした飾りものが家の中に「出現」するのは、私にとっても季節の節目々々を感じさせて、マンネリ気分を払拭する効用もあった。

私は、玲子の他界ののちも、その我が家の慣習を維持しようと努めた。時間はたっぷりあるのだし、私なりの「創意工夫」を凝らしてもみた。写真に撮って孫たちに送り、玲子が願った彼らの健やかな成長と至福の思いを届けるのも、飾りつけ維持の目的でもあった。

玲子が他界した年の五月の端午の節句の時は、大小さまざまの「折り紙カブト」を折って、ピアノの上のぬいぐるみやリビングの戸棚などにある小さな人形のすべてに被せた。孫たちを喜ばせたいという、ちょっとした「いたずら心」だったが、「沈んでいた」私自身の気分転換でもあった。この時は、残念ながら孫たちは来宅しなかった。せっかくだったので、この「折り紙カブト」を被った人形たちをひとつずつ写真に撮り、手作りの絵本を作って送った。題はそのまま『おりがみカブト』。写真の映像にはこんな言葉を添えて。（普通のぬいぐるみのまま）「ワタシ　おにんぎょうの　キティちゃん」、（次のページ、折り紙カブトを被ったところ）「ワタシも　カブト　かぶったよ」。

手作り絵本は意外と手間がかかり、気付けば「折り紙カブト」についての歌詠みは忘れていた。

翌年のクリスマスの飾りは、例年のツリーの飾りつけだけでなく、サンタが被っているようなとんがり帽子を人形たちに被せて並べることにした。大小さまざまの帽子は、赤いフェルト生地を購入し、それぞれの大きさに裁断して手縫いで作った。合計いくつ作ったか、二〇は下らなかったろう。「折り紙カブト」の時よりもずっと手間がかかった。

精神的にも、集中する「何か」によって、自分をシャキッとさせたいという心情がそんな帽子作りをやらせたのだろう。玲子が存命中だったら、まずやらなかったにちがいない。

作って人形たちに被せてみて、自分でも可笑しかった。とりわけ、高さ六センチほどのミニ地蔵が赤いとんがり帽子を被って五体も並んだサマは、我ながら苦笑してしまった。お地蔵さんも、西洋の風習には無縁だろうが、一年に一度の「祝いごと」、まあ慈悲の心で大目に見てくれただろう。

遺影壇君いと愛でし山茶花とサンタら飾れり師走になれば

ピアノ上君や子・孫の写真額カラフル飾りに周り囲まれ

小人らもミニサンタらもエンジェルもみなみな揃って棚は賑やか

ツリー下リボンの箱前小人人形七人揃ひて主役顔なり

ムーミンもキティもトトロもミッフィーもとんがり帽子皆被りをり

サンタ帽許しを乞ふて被せたり地蔵人形五体も「聖《きよ》し」

帽子載りレプリカ埴輪の人形や「ワシも仲間か?」口開《あ》け驚き

リビングも玄関ホールも賑やかかや君の「習ひ」を継がであらずや

我が家にて㈣　(二〇一九)

記念樹のボケは赫々花つけてわれら息子も早や不惑なり

春陽浴び姫ランの花咲き並びその愛しさを君も見るかや

ギザギザの洗濯板のわが世代自動洗い機神とぞ崇む

麦藁帽被りて物干すベランダを独り翔び往くアキアカネかな

われつひに買い物袋をカート載せ車に運ぶ腰痛庇ひて

スーパーの駐車係の初老氏はわれに懇《ねんご》ろ情けかけてか

いちいちのサラダ作りを手抜きして今日もボールに山と詰め込む

高校のテニス部活の同窓会喜寿の面々往時に花咲く

思ひ馳す家と職場の二刀流君が苦労や愚痴ひとつなく

秋月を眺めてをれば霞湧きいつのまにやら経る日数へり

伏すほどにあらねどつらしわが腰痛車通ひのツケぞ回れる

長距離は「老ひては腰に従へ」と誰ぞ宣ふ休み休みや

通ひたる町医者助言厳しきや手術のほかに道はなからむ

日赤のＭＲＩは宣告すわが脊柱はまさに潰れり

この暮も賑やか飾りに精出さむ君の「習ひ」や腰痛忍び

平不二夫氏を悼む（二〇一九・一二）

勤務した大学の先輩同僚で、ほぼ三〇年の「おつきあい」だった。敵を作らない温厚で社交的な人だった。お互い、定年退職後はあまり顔を合わせる機会がなかったが、癌で亡くなったという。夫人から「逝去の知らせ」とともに遺著が送られてきた。享年八五。

送られし遺著を手に取り昔日のその温もりや逝きし人かな

飄々と険しき人の交錯《こうさく》を繋ぎし人柄覚え深しや

私の日赤入院・手術（二〇二〇・一）

前年暮のＭＲＩ検査で脊柱管狭窄症が決定的になり、手術をすることになった。遠くの日赤病院まで出向いたのは、脊柱管狭窄症の手術の「名人」がいるとの情報を得たからだった。

その「名人」の老医師の執刀による手術は、全身麻酔でまったく自覚はなかったが、麻酔が冷め時計を見たら六時間かかっていた。手術に助手として加わった若い医師は、「完璧でした」とレントゲン写真を見せながら説明してくれた。

だが、問題は、そこからだった。腰の痛みそのものはなくなったのだが、「歩行難」という問題に悩まされることになった。

手術の前後三週間、ベッドで横臥していた老体の筋肉は、すっかり萎えてしまった。とくに、足腰が不自由になってしまった。日赤病院は全国から患者が来るので、術後のリハビリのための長期の入院はできなかった。ようやく歩けるようなまだ不自由な状態での退院となった。幸い、自宅の近くにリハビリ専門の病院があったので、退院に先駆けてその病院への「通院リハビリ」の紹介要請を日赤にしてもらった。

以後、術後四年の今日でも、長距離歩行はキツイ「状態」が続いている。

歩行痛つひに手術を決め込んで日赤入院すがる思ひで

病室の床に臥してや幾日ぞ名医の執刀待つ日々続き

床の上目覚めてみれば手術済み固縛・点滴「捕らわれの身」よ

夢見ごとおどろおどろしボルト四本《しほん》わが体内に埋まるを知らず

高層のビルに明かりのひとつなく週末都心にみぞれ降りたり

今日もまた手摺り頼りのリハビリにただ驚けり足の衰へ

生前に君知らずして幸いなり不如意極まる夫《つま》の姿ぞ

三年《みとせ》のち君悲しまむこのわれが病床に臥すやこころならずも

リハビリ通い（ねりまK病院）（二〇二〇・二〜五）

杖をつき通ふリハビリジムのごと鍛錬励む人の多さよ

トレーナー男女を問はず皆若く聞けば前身スポーツ選手で

いつの間に桜並木は花トンネル杖は手放なれ気も晴れやかに

和光森林公園（リハビリ散歩）（二〇二〇・三〜一二）

闘病中の玲子の足腰が萎えないようにと、彼女とよく散歩に出かけた和光森林公園だった。広い緑の空間はそれだけで癒しになるものだが、多くの樹木がある公園は四季折々に色彩の「変化」もあって何度通っても飽きさせなかった。
「彼女のための」この公園での散歩が、三年後、こんどは「自分のため」のリハビリ歩行が目的になった。公園の主である精霊は、どんな顔をして私の「訪れ」を迎えていたのだろうか？　せめて「夫婦が前後して、ご苦労なことで…」と、慈悲深い森の精霊は、そんなふうに見守ってくれていただろうか。

もどかしや萎えし足腰鍛えむとやうやう歩みてかのベンチ着く

いくたびも通ひし緑園かのベンチ独り坐りていまは君なく

語らひのたふときベンチいまはただ君を偲びて空を眺むる

われつねに販売機にやブラックティー求めど君は「いらない」と云ひ

けふもまたブラックティーを購ひて独り飲みをる陽は傾きて

満開に咲きたる桜誇らしげ大木揃ひてわれら見下ろし

花を見る心はここにあらずしてさやに浮かぶは君が微笑み

手作りの飛行機飛ばしを競ひ合ひ広場に響く大人らの声

子どもらは大人に負けじとボール蹴りこちらも歓声広き芝生よ

犬を連れ歩く人びと中高年自らのため森の散歩や

はらはらと木の葉舞ひ散る秋冷やおのづと心も凍みわたりける

見渡せばわがこころなり樹々の態《てい》枝葉みな散り裸とぞなる

我が家にて㈤（二〇二〇）

筵《むしろ》なし紅葉散りたり寒風《さむかぜ》に苔むす小庭君に見せばや

ドウダンの葉は赫々と燃えさかり碧空《あおぞら》のもと君も愛でるや

三日月もオリオンもみな煌《きらめ》きて君を尋ねる木枯しの夜

月星も嘆けとものを思はする雲と隠すやわが涙かな

天の原晴れわたりてやわが涙雲と隠せりのぼる望月

君恋ふる瞼に月は宿りけり濁らで澄める涙ならねど

君偲びいつしか霞む机上かな旅の歌をぞ読み返しをれば

たれかあらむわれに厳しき御託宣心よいたくものな思ひそ

君十八番《おはこ》ポテトサラダよ直伝に作るを君の判定いかに

年末の障子張り替えガラス拭き君こなせしや愚痴ひとつなく

年の瀬や窓ガラス拭き数多く脊椎手術のわが身哭く哭く

心うちいかに片せむ年の瀬にけだし難《かた》しや物にあらねば

松飾りこたびも忘れじわが仕事門扉に対なし君を迎へむ

独り身のわれに難しやせち料理口惜《くちお》しながら出物揃えて

常ならば君と憩ふる大晦日三度《みたび》独りもなほ侘しけれ

転居・新地（二〇二一・七～一二）

脊柱管狭窄症手術後のリハビリも終了したとはいえ、かつてのような体調には戻らず「要支援２」の介護サービスによってヘルパーさんが週二の頻度で家中の掃除をしてくれるような生活が続いていた。食糧の買い出しも賄いも自分でやる独居生活、歳も歳、茨城県ひたちなか市で開業医を始めた息子が心配するので、近くに転居することになった。

常陸をめぐる古代からの地勢や歴史などについては、すでに述べたとおりである。こちらでも、夫婦で医院を経営して多忙な息子たちに迷惑にならないよう、出来る限り「独立独歩」の精神で基本的に独居生活を営んでいる。「エブリデイ・サンデイ」の気楽な暮らしだが、ボーっとしているのが嫌いな「貧乏性」、本を読んだり、雑文を書いたり、そして歌を詠んだりの日々である。リビング・ダイニングの向う隅から大きな玲子の遺影が微笑んでいるのだから、「目が合った」時には片手を挙げての挨拶。そして、その度に、じっと遺影を見直しては「哀悼」の情も呼び起こされるという毎日である。

長居せし家も仮屋と思ほえむ人生つねに途上なれこそ

筑波嶺をはるばる超えてひたちなか新参者なり傘寿を前に

北常陸不慣れなるかな遠き里君安んぜよわれ共にあり

遺影壇旧居の姿そのままに君は微笑むわれに向かひて

子どもらや孫らの写真額入れて飾れば棚々窮々とせり

さてはおき気づく新地の優れるは空気澄みをり空ぞうるはし

新人《あらびと》の耳を唆《そそ》るる郷なまり老ゐも若きも人の温もり

自家用車なんと多しや「足」の便鄙こそ要り用あらためて知る

北関東空の大気はひと括りいかな変はらぬ酷暑なるかな

時にまたしばし冷夏や「やませ」吹き天《あま》の冷房大洋近くて

アキアカネ群れなし飛びて知らしめむ秋の訪れそこそこなりと

公園のつねは素通り大銀杏黄金《こがね》に染まりしばし佇む

遠き空渡りて憩う鳥の群れそを慈しむ郷の人びと

灰色の幼鳥もみな勢揃ひ投げる餌に寄る白鳥の群れ

陽落ちて茜の帯の低く延ぶ見上ぐる天上瑠璃深まりて

ひたち海浜公園　コキア紅葉（二〇二一・一〇）

ひたちなか市の「名所」といえば、まずは「ひたち海浜公園」であろう。春のネモフィラと秋のコキアが広く丘陵部を一面に彩る映像はしばしばテレビのニュースでも放映され、多くの見物客が外国からも訪れるほどである。

この公園は現在三五〇ヘクタールの広さ、東京ディズニーランドの七倍もある。元は一九三八年に開設された陸軍水戸飛行場である。敗戦後、ＧＨＱに接収されアメリカ軍水戸射爆場になっていたが、アメリカ空軍機の低空飛行によって近隣住民の母子二名がタイヤでひき殺される「事件」（パイロット名を冠して「ゴードン事件」という）が起きて住民による激しい「返還運動」が起き、一九七三年に返還された。「首都圏整備計画」の一環として国営公園としての計画・建設が行われ、第一期の七〇ヘクタールが一九九一年に完成し開業された。その後、何度かの拡張整備が行われ今日に至っている。樹林エリア、みはらしエリア、草原エリア、プレジャーガーデン・エリア、砂丘エリアなどそれぞれ個性的なゾーニングが施されて老若男女の全世代が楽しめるようになっている。

このたびは、転居後初の秋を迎えたとあって、名物の紅葉コキアの見物に訪れた。

さすがに、紅葉コキアの最盛期。最寄りのＪＲ勝田駅から臨時直通バスも出ているが、多くはマイカーでの来場者。ウイークデーを選んだのに、二〇〇〇台収容の西駐車場はもはや満杯状態。入場口から遥か離れたところにようやく空きスペースを見つけて駐車。「要支援2」の介護保険サービス適用者のこの身、腰痛を気にしつつ、延々と切符売り場まで数百メートルの距離を歩かされることになった。また、広大な公園を歩き回ることもできず、レンタサイクルのお世話になった。長距離を歩くより、自転車漕ぎの方が体には楽だった。それでも自分としては「奮闘」の態である。まあ、初めて、波打つ広大な丘陵一面のコキアの群落を観ることができたのだから、「身体を張った」（少々大袈裟な！）意味もあったというべきだろう。

駐車場思ひのほかに満杯ぞコキア人気を侮る報いや

ゲート屋根巨大翼を拡げをりモスラやラドン襲ふがごとし

さっそうとレンタサイクル跨りて森の径行く気分は若者

フーフーとすすき群れなす坂道を登りつめればコキア拡がり

丘の上一望すれば波打ちて赫きコキアぞ地を埋めつくす

赫き地表割きて連《つら》なる人の列遥か幾筋丘の賑はひ

「祭り女」の君が居ませばこの丘ぞいかに振る舞ふこの賑はひに

陽を浴びて光る海面《みなも》や行く船の彼方を見れば水平線延ぶ

近寄れば細かき枝葉の大玉や赫らむコキア心憎しも

西の方遥かに望む山の波双峰なして筑波嶺《つくばね》青し

みな人の面《おも》は柔和ぞ公園に変はれば変はる射爆場なり

キナ臭さ微塵もなしに人憩ふ忘れまじきや泰平の意義

安井信明君を悼む（二〇二一・一〇）

中・高と同じ学び舎で過ごした旧友。私は高校で始めたテニスだったが、彼は中学からやっていて高校ではテニス部の主将だった。まず大きな声を上げることがない温厚な人柄だった。数年前、大腸癌の手術をしたことは仄聞していたが、再発したとのこと。享年七九。

灼熱のコートの練習懐かしや主将の君はいつも穏やか

練習の合間のひと飲み井戸水のいとさはやかで君に重ぬる

虎塚古墳・十五郎穴横穴墓群（二〇二一・一一）

ひたちなか市内に古墳群と横穴墓群のあることはすでに述べた。これらは中川支流の本郷川北岸とその台地上にある。前者は「虎塚古墳」の名称をもつ数基の前方後円墳。東日本最大級の古墳群で国の史跡に指定。最もよく整備されたものは、周溝を含めて長さ六三メートルの大きさ。七世紀初頭の築造と推定されている。石室は、色彩壁画が施され東日本有数の「彩色古墳」。春と秋に一週間ほど公開されている。

後者の横穴墓群は、台地端の崖に掘られた古墳時代末期から奈良時代にかけて造られたとされる墓群。総数三〇〇基を超える。同じく国の史跡。「十五郎」の名称は、曽我十郎、五郎の兄弟が隠れ住んだという伝説に基づく。

これらは新居から約三キロメートルの至近の距離。後述の「埴輪制作遺跡」はさらに至近の一キロ未満。「現物の」「見える」古代史が隣接するようなものだ。いずれにしても、こうした古代の西国に共通する史跡が北関東のこの地にも存在することは、大和朝廷はもとよりそれ以前からの「勢力」の影響力の大きさが窺えて興味深い。

身近にや前方後円墳墓あり「大和」の勢力この地に及び

石室の壁画赤々ベンガラで古へ人の情意伝わる

切岸《きりぎし》に大小穿たる横穴や篤き信心頭垂れたり

階段《きざはし》を登りて覗けば懇ろな構へ備へる墓の尊さ

古代人《こだいびと》息吹を身近に伝へたる遺跡の重さ時を超へたり

水戸紅葉狩り（もみじ谷）（二〇二一・一一）

水戸藩第九藩主・徳川斉昭が造らせた回遊式庭園・偕楽園はわが国三大庭園の一つとしてつとに有名である。そもそも、「民と偕《とも》に楽しむ」という孟子の言がその名の由来という。通常、梅林のある丘の上が偕楽園とされているが、現在は、千波湖周辺の低地部分もその一部になっている。「もみじ谷」は、護国神社下のその低地部分にある。比較的身近な紅葉狩りの名所とされているので訪れてみた。ウィークデーを選んだので人出は多くなかったが、中高年の見物が多いなかに一組若いカップルがいたのが「新鮮」だった。「谷」と言われる所以だろうか、細い清流があって、色づいた樹々を映し、また落ちた葉がたまって紅葉筏になるところもあり、風情を感じさせた。

秋来ればさぞな色づく鮮やかに季《とき》を忘れぬ樹々やかまけし

紅葉背に若きカップルポーズ取りモミジ汝《なむじ》ぞ仲を後押し

清流に真鯉も群れて愛でるかや紅葉筏のいと麗しく

傘寿の祝い（二〇二二・四）

若い頃には想像もできなかった八〇歳という年齢になった。連れ合いに先立たれての独り身の高齢は、また言い知れぬ情感を伴うものだ。妻の逝去から五年が経っていた。逝去直後の「空白」からは脱してはいたが、こうした「節目」ともなる自身の誕生日を、しかも四十年も住んだ土地を離れて茨城の「新地」で迎えるというのは、実際に感無量だった。

息子家族が、この私の傘寿の誕生日会を彼らの家で催してくれた。洋菓子の上に大き目な四本のローソクが立てられ、幼い孫たちが「ハッピー　バースデイ　トゥーユー」の歌を合唱してくれ、灯したローソクの灯を一気に吹き消した。自分の誕生日にローソクの灯を吹き消すなどいう「行事」は、われわれ世代の人間にはなかった習慣で、つくづく「時代」を感じたものである。傘寿を迎えるようになって、私は、「終活」を意識するようになった。せっかくなら、何か自分の「人生観」が表出できるような書物を上梓できたらと思うようになった。この年の秋からその出版の準備が始まった。

若きころつひぞ思へぬ己が末いまわれ鄙に傘寿迎へむ

孫たちはローソクの灯に顔赤らめ元気に唄ふ「ハッピー・バースデー」

歳を得て孫らと憩ふひとときの至福なるかな人の習ひや

傘寿機に「終活」想ふわが生や自著の上梓を叶はまほしき

馬渡はにわ公園（二〇二二・六）

新居の近くに、埴輪の製造場所の遺跡を記念した公園がある。五世紀から六世紀にかけて操業していたという。今は、その製造場所の遺跡そのものを見ることはできないが、ちょっとした丘の裾を流れる渓流があり、その水を利用した「菖蒲田」が整備されている。五月から六月にかけて、紫や白の菖蒲が咲きそろって見事だ。菖蒲田の背後の丘は、大木の松の林になっている。一巡すると、まったく異なる空間体験を味わうことができる。

人影の少なき苑の惜《あたら》しや揃ひ咲きたる菖蒲もいたまむ

少年は「花より渓流」棒網でサワガニ漁り沢を歩きて

小橋越え丘を辿れば松林マツボックリの巨《おお》きに魂《たま》ぎる

鎌田光太郎君を悼む（二〇二二・一二）

彼も中・高と一緒だった。中学三年次の時に同じクラスで、彼はマメで気配りのできる人間で、つい最近までずっとクラス会を率先して開催してくれた。私は彼を「永久幹事」にするよう皆に提案し、諒承された。私は書き上げた「小論」などをよく彼にメール送信した。彼は、いつも律儀にきちんと読んで「読後感想」を返してくれた。永年、肺癌の闘病をしていたが、俄かに急変して逝ったという。享年八〇。

まめやかに皆を気遣ふやさしさよ君なき後のいかなクラス会

シナトラも驚かれたや「マイ・ウェイ」君の熱唱耳に残れる

雑文につぶさに返す感想に君の人柄いたく偲ばる

自著上梓・亡妻の「見えざる」後押し（二〇二三・二）

その昔、練馬・大泉の居住地のそばを通る高速道路の拡幅工事があり、「終の棲家」の環境保全のために沿線住民の多くが事業者に保全対策を求める活動を行った。私も住民のひとりとして加わり住民運動・市民運動を長期にわたって経験することになり、住民・市民が「主人公」である「主権在民」の原理原則を身をもって感得した。「統治」への「信託」をなす主人公としての市民のまっとうな立場を明確にすることは、専門のいかんにかかわらず社会の基本的な重要事項である。

傘寿を機に自著上梓を考えた私は、自分の体験を通して得た、この「主人公としての市民」の基本理念について、これまで書いてきた雑文類を整理して出版することにした。およそ、「歌詠み」とは縁遠いものだが、しかし、われわれ社会の一員である市民が少しでも「マシ」な人生を送るには、その枠組みである社会と「どう向き合うべきか」は、生きることの内実にかかわる重要なことである。それはまた、自身が修めた専門分野以前の問題でもある。「歌詠み」は元来、人の「生」そのもののあり様を見つめることに発しているはずである。

原稿の整理や補筆作業などに正月を返上し約半年を要して出版にこぎつけた。傘寿を過ぎた人間にとって、五〇〇ページ近い書籍を上梓するのが実にたいへんな労苦であることを実感。リビングの隅の壇でいつも微笑んでいる亡妻の遺影に励まされて、この辛苦を耐えることができたように思う。

この自著を多くの友人・知人に贈った。ありがたい感想をたくさんいただいた。

終活の自著の上梓の課題ぞや悩みて「市民の本源」となる

人の生誰しも己が「固有権」不可侵なるはロックも説けり

求むるや人の人たる本源を緊要ならむ「専門」超えて

正月を返上しての上梓作業身にや堪《こた》えしこの老体に

終活に一書を編みて書き添へし見えざる手押しの君の助けと

大学クラス会（二〇二三・一一）

五年ごとに開いてきた大学時代のクラス会もメンバーがみな傘寿前後になって、壮健な姿で大勢が一堂に会することも難しくなって、このたびの会が「最終回」となった。神田の学士会館での開催だったが、幹事の発案で希望者がレクチャーをすることになった。私もその一人として話をした。事前にメンバー全員に謹呈しておいた自著に絡めた「人生観の形成と歩み」と題する内容だった。

人生初の記憶である戦災から始まり、小・中・高・大の学びの時代、そして退職後の現在時に至るまでの人生において得た「印象」「感銘」「衝撃」「教訓」などとわが「生き方」との関係について語った。みな長生きした「大人」、きちんと静かに聞いてくれた。

人前で話をすることの重大な「意義」は、もとより自分の考えを他者に伝えることだが、それだけではない。他者に語ることは、実は「己に」語ることでもあるのだ。己に、というか、他者に「言明」したことはそのまま自分に「帰ってくる」、つまり「さらに重い自覚」として自らの言明が己の心と脳裏に刻まれるということである。

私の場合、妻に先立たれてこの間、何度も歌に詠んできたように、「浮かぶ言種は哀し」という情況が続いていた。他人に「教訓」や「生き様」を語ることで、あらためて自身が「前を向いて」生きることの意義を自覚させられた。結果的に、「現況」の転換を促す転機になったことで、この「最後の」クラス会は個人的にもきわめて有意義であった。

クラス会旧友たれこそわが生を語る恩恵銜ひもなしに

初記憶真っ赤に染まる夜空ぞや母の背で見し空襲の街

農村を尋ねて見たり目の前で母の着物がイモに換はれり

幼きの哀し悔しの思ひぞや戦争憎む原点とぞなる

母つねに幼きわれに諭されし「困ってる人の味方に」と

戦没の父もつIくんSくんがともに夭折いまも忘れじ

「過ちて改むるにや憚《はばか》りなし」孔子倣へや大学人よ

大学はつひぞ解せず学生の是非を尋ぬる尊き本領

振りかざす権威のもとの学の府は学も淀みてやがて沈まむ

老境や人の人たる本源をわれら語らひ求め進まむ

雑（二〇一八～二四）

「哀悼」の趣をもつ歌ではないが、玲子逝去後の私の「日常」が窺える歌を選んだ。

（大学院時代の友人と北海道大雪山系の紅葉狩りツアーに）（二〇一八）

（上川郡美瑛町・（富良野）美瑛池）

旧友とはるばる来たる美瑛池心洗はる澄み入る青さよ

雨雲に隠れる頂旭岳濡れながら行く草紅葉の道
（旭岳）

チングルマひときわ紅く群れをなし思わず響くシャッターの音
（同）

清流の音もかき消す高き滝落ち続けてや岩肌を裂き
（層雲峡）

レシピ頼り十勝土産を初汁粉君に供へて腰を叩けり
（北海道の旅から帰宅後）

シルクロード君と夢見しその昔こたびも叶わず腰痛深まり
（「屋久島会」のメンバーでシルクロード旅行の計画をしたが私の腰痛悪化で断念）
（二〇一九）

（同）

無念さの受話器の向こうの友の声繁く語りし夢なればこそ

（転居の住民登録時に役所から「ヨウ素剤」を渡されて）（二〇一一）

ヨウ素剤あらため自覚の原発よいやはや隣りは東海村ぞ

（同）

事故懲りず原発すがる政官財子孫《こまご》ら未来を君も悲しも

（隣の那珂市笠松運動公園での全国陶器市）（二〇一一・一〇）

全国の有名産地の陶器市部にてあればいざやかけつく

（同）

君の壇水飲み茶碗の愛でたきを求め廻りてやうやう見つけり

（水戸光圀別荘跡・湊公園）（二〇二一・一〇）

光圀が愛でし黒松丘の上湊見下ろし今も凛たり

（同）

静かなる芝生の広場子犬連れ主婦ら語らふつねの習ひか

（那珂湊「おさかな市場」）

ミニ築地海産店《たな》はびっしりと売り子の声も響き賑やか

（同）

独り居の食の足しにと海産の瓶詰類をあまた贖ひ

大晦日か正月には神社に初詣に出かけるのが続けていた習慣だった。転居してもこの習慣を守りたいと、近隣の初詣名所を探して出向いた。何と初詣で賑わう虚空蔵尊のすぐそばは、日本原子力発電株式会社（日本原電）の東海発電所の敷地だった。件の原発は事故を起こして今は稼働中止中だが、平安初期に空海開基と伝わり「日本三体虚空蔵尊」のひとつとして伝統のある古刹にとって、こんな「物騒な」施設が隣接して立地するのは迷惑千万で、虚空蔵菩薩もさぞや日々流涕していることだろう。

古めける御堂に並ぶ行列や和装の女子《おなご》らいとあでやかに

（東海村・村松虚空蔵尊初詣）（二〇一二・一）

やうやうに御堂の前に立ち出でて天《あま》なる君の安寧願へり

（同）

参道に並ぶ屋台や見歩きて縁起担ぎのダルマ贖ふ

（同）

気がつけば境内隣りは原発の広き施設や立地恨めし

（同）

太平洋戦争末期、米軍のＢ29大編隊による空襲が激しくなった頃私は三歳で、家族揃って東京を離れて群馬県高崎市に疎開した。その高崎市も空襲を受けた。田圃地帯まで逃れて母の背中で真っ赤に燃える夜空を凝視していた。恐怖そのものだったろう。私の人生初の記憶である。ウクライナの市街が無惨に破壊され、幼子が母親に手を引かれて逃げ惑う映像に、その「人生初の記憶」がよみがえった。

（ロシアのウクライナ侵略戦争勃発）（二〇二二・二）

今の世にかくも無惨な攻撃や病院学校ガレキとぞなる

（同）

破壊後の街を手引かる幼子ら戦火怯《おび》ゆる記憶復せり

（同）

戦《いくさ》とは愚なる政治の道具なり賢き民は揃ひて糺さむ

（同）

天にある君も声上げ許さざらむ平和主義者の君なればこそ

（ひたち海浜公園で満開のネモフィラを観る）（二〇二一・五）

紫に波打つ丘を覆ひ染めネモフィラ豪語やわが世の春と

（同）

近寄りてよくよく見ればネモフィラよそは小さくて何と可憐ぞ

（同）

ビジャブ巻く三女性にや「どこから？」と問へば笑顔で「マレーシア」とぞ

（孫の誕生会　二〇二一・一〇）

誕生会《え》贈り物よりモテモテのお化けの面で孫ら戯れ

江戸期に農業用の貯池として造成された大池を中心にした公園。多くの野鳥の生息地や休憩地になっている。

（ひたちなか市・名平洞《なへいどう》公園）（二〇二三・一二）

マガモ群れはるかな途を渡り来て水面《みなも》を埋めて憩ふや愛《め》ぐし

（同）

野の鳥ぞ慈しまむと近寄れば群れなし離れ水面現る

（皆既月食　二〇二二・一一）

輝ける望月はついに赤染めて畏怖さえ覚ゆ宇宙《そら》の劇かな

（旧居売却　二〇二二・一二）

半世紀慣れにし家居《いえい》手離して寂寞として歩む老い道

パレスチナの実効支配者であるハマスの「襲撃」への反撃としてイスラエルの大規模なガザ侵攻が

始まった。その徹底的な攻撃破壊は、ロシアのウクライナ侵略の様相に似て、病院や学校にも見境なく及んだ。このたびのイスラエルの攻撃破壊だけで、一五〇万人以上のパレスチナ人が家を破壊され新たに避難民となってテント生活を余儀なくされているという。パレスチナの民の「難民化」はもはや七五年にもなる。彼らは、ヨルダン川西岸地域とガザに「押し込められ」かろうじて命をつないできた。シオニズムとは、そういうものだったのか。「歴史的共存」を破棄・否定し他民族を虐げての国家建設。そして、かつての日本帝国の「満州強制入植」をほうふつとさせる、ヨルダン川西岸地域への一方的な大規模「入植」…。さらにこのたびのガザの徹底的破壊…。ナチスによって自分たちが受けたホロコーストの惨状・惨劇とどう違うのだろうか。「人道」のことばが虚しい。そして、学生らの若者たちがグローバルにその「非」を咎めて抗議活動を展開しているのは、彼らの素直な「正義感」の発露だろう。

おぞましや虐《しいた》げられしその民ら弱者虐ぐ側になり果て

（二〇二三・一〇）

この星に戦禍の惨状絶えずして平和主義者の君も悲しも

（同）

遠来の朋を誘《いざな》ふショッピングモールそひと驚くその広さにや

（「朋遠方より来たる」二〇二三・一二）

渋き面《おも》「比翼連理」の難しさ朋の寂しさ心して聴く

（同）

ランチタイム過ぎれば空席目立つなか談論風発陽は傾きぬ

（同）

世の不穏なきがごとくに今日もまた筑波嶺《つくばね》の彼方夕陽沈めり

（二〇二三・一二）

クリスマス近づき思案のプレゼントそれぞれ浮かぶ孫の顔かな

（二〇二三・一二）

ひたちなかの新居にて哀悼（二〇二一～二四）

玲子逝去後数年経っても日常のなかでふと彼女のことを想うことが多い。ここは、ひたちなか市に転居してから詠んだ彼女への哀悼の歌を集めた。

既述のように、悶々と過ごして来た七年だったが、昔の同級生を前に自身の人生観や生き様を語ることが、思いのほか私自身の生を見つめ直す転機となった。亡妻が病床で書き遺したメモの「いきいき生きて」という文言をあらためて噛みしめる昨今である。

別れとはさまざまあれど君が別れ比すべきもののかけてなからむ

君想ひうらぶれをればわが魂《たま》は空蝉《うつせみ》のごと虚しくならむ

筏《いかだ》ごと紅葉散り敷く水面《みおも》にや音こそ立てね年は経《へ》にけり

秋草の茂れる荒野《あれの》憚らず啼き啼く虫ぞ羨《とも》しくぞある

君恋ひて人目忍ばず啼く虫の音《ね》を羨《うらや》みてしばし佇む

わが想ひ広き荒野《あれの》に生ふ茅の繁きを人の知らずぞありける

なき君を偲ぶる宵や秋草の露に重ぬるわが涙かな

さやかには月は澄めども涙にやかきくらさるる鄙のわれしも

道すがら枝に残れる柿ひとつ君を想ふて見るも侘びしく

ヒューヒューとあらし音立て吹き荒《すさ》び萎えし心よいづち飛びゆく

われはただ机に向かひ夜もすがら三十一《みそひと》文字の歌に託すや

君逝きて七歳《ななとせ》経たむ今もなほ「ただいま」の声聞く思ひして

歌詠みの言の葉探しに悶《もだ》ゑして目覚めてみれば夢の中なり

奮迅の甲斐ありてかや夢の中一首詠めれど目覚め忘れて

心打つこともありとや思ひ出で偲ぶる心君も偲ぶや

つねながら君と歩めりふと目覚め夢と知りせば哀しかりけり

夜ごろにや頼まで夢を見る情けさらで在りたる君ならなくに

君を恋ふ乱るる心やすめむと浮かぶ言種《ことぐさ》ただ「哀し」なり

嘆きつつ過ぎける方を悔やみつつ涙に暮れるけふも恨めし

空高し君と遊行《ゆぎょう》す「もみじ谷」夢と知りせば覚めざらましを

ひさかたの天《あま》ゆく雲の風をいたみ我しか乱る君を想へば

東雲《しののめ》をよそに月入る西の天《あめ》君も居ますや西方浄土

筑波嶺の彼方に延びる茜帯見るたび想ふ隠れし君を

西方の茜帯にや浮かびくる君の面影涙忍びて

君恋ふる心のたけはいかならむ月を眺むる夜は続きて

小夜更けて月を眺めてにはかにぞ霞みて遠し君が面影

天離《あまさか》る常陸の小道田を縫ひて歩めば嘆く君と添へれば

月霞みころろと啼くや早苗田《さなえだ》に蛙汝《かはずなむじ》も妹を恋ふるや

逝きし君想ひ続けていつのまに傘寿超えたり鄙にあるわれ

花は実を地に返してやまたぞ咲く実なき老い木よ朽ちるのみかは

古りにけるわが身つらつら想ひつつ天《あま》見上ぐれば星も霞めり

霜積もる老い木の頭《かしら》ひとしほに古《ふ》りにけるわれあはれなるかな

あはれとて訪ぬる人のなかるらん鄙に住むわれ独り侘びぬる

フリフリと尾羽揺らせるハクセキレイ汝《な》も嘆きてかその独り身を

ふと見れば紅葉一葉清流に浮きて漂ひわれを覚ゆし

あるならばあるに任せと自らに言い聞かせんや憂き世なれこそ

連れ立つはいまは夢とぞ思ひ分く覚める心のあはれなりけり

たが人も末なき身なり老ゐゆけど亡き人に添う道のあらまほし

古丘《ふるおか》の裾に湧き出づ清流や枕を伝ふ涙にぞ覚ゆ

伝ひ落つ涙にけふは沈むとも浮かぶ末をぞなほももとまむ

何気なく和箪笥開ければ形見ありありあらため思ふ君の重さよ

旧友ら前に語りしわが生を引きて思はむ先の生こそ

嘆き来て悟りうべくを思はざる心を知るも心なりけり

香港ゆ二十年《はたとせ》ぶりに訪ね来し教え子にわれこころしめたり

直道《ひたみち》のひたちに住まふわれなれば前に進まむ直道のごと

気満つる鄙の朝日は輝きてけふも生きむとこころ軽みし

君が壇朝陽が射してまばゆしやわが末の生きかくあらまほし

君の文「いきいき生きて」と遺されしうましかへしぞしかと為さまし

君遺す文の情けや身に沁めり君の生をも背負ひて行かむ

病床で君書き遺せり「見ててね」とわれは返さむその言《こと》そのまま

長歌「天上の君へ」（二〇二四・四）

ゆく川の　流れはとこし　絶えずして　時もまた　人を待たずに　流れたり。　君逝きて　はや七年《ななとせ》や　経《へ》りにけり　いと疾《と》くて　信じ難きや　老い木の身。

牀上《しょうじょう》の　君に添へたる　日々はなほ　昨日《きぞ》のごとくに　あざやかに　わが

こころにや　浮かびくる。　あらたまの　年を迎へて　病室に　備え揃へしせち料理　君とわれ　名前記せる　祝箸《いはひばし》　君は愛でしや　心眼《こころめ》で。　人の世は　めでたく祝ふ　年始め　しかあれど　あやにく天《あめ》の　定めたる　君が宿世は　厳しけり。　眼を閉ぢて　ただ横たはる　君なれど　病魔の苦痛　いたく寄せ　医師の勧めの　全身の　五感を閉ざす　麻酔をや　強く拒みし君の意志　疎通を図らむ　われらとぞ　命のかぎり。　君遺す　文に「見ててね」　かく固く　覚悟のほどや　われはただ　影に隠れて　哭きいたり。緩和ケア　医術施す　のみならず　こころのケアを　追ひ求め　医師ら揃

ひて　ウクレレで　あまたたび　ハワイアンをぞ　奏でたる　これぞ仁術
われ深く　頭垂《こうべ》れたり。　口きけず　弱まり至る　君なれど　ＣＤ演奏　望
みしは　ショパン拒みて　ハワイアンなり。　ああ仁術の　いみじかりけり。
君つひに　眠るごとくに　魂離《たまさか》る。　ただうつろなる　われに言う　医師
の言葉や　声かけよ　われははっとし　時措かず　君にかけたる　言の葉は
「いい人生だったよ　ありがとう」。
やうやうに　君の野送り　行へり。祭壇を　飾る花々　カラフルに　人び
とまずは　驚けり。湿っぽく　したくないとの　君の意図　みな人聞いて

微笑みし。さらになほ　棺のなかに　眠る君　望みによりて　三輪の　大き
鮮やか　花カンザシ　装ひすまして　また人の　笑みを誘ひし。お茶目な
る　君の面目　躍如たり　まさに祭り女《め》。何よりも　教え子　あまた集ひ
きて　君の逸話を　語らひて　君の人徳　称へたり。その道の　永き専業
司会氏は　われに語れり　さほどなる　感銘受けし　ことぞなかりし。
　別れには　さまざまあれど　久しかる　連理の人の　今生の　別れのほか
に　これほどに　辛く虚しき　ものはなからむ。ただ涕　くれる日々をぞ
過ごしつつ　ぬばたまの　闇のなかにぞ　さ迷ひし　われの所業や　覚えな

し。

からくして　己を見つめし　その途は　歌に詠まむと　逝きし君　おのづからなる　こころのうちを。哀れみの　初の歌にや　詠み納む「亡くてぞひとの　恋しきをしる」。こころとけ　歌詠みの日々　続きたり。さりながら　詠む歌ほとど「哀しき」や「霞たり」なる　ばかりなり。

人の生　天《あめ》の彼方の　定めとて　おほき移ろひ　来たるらむ。かねてより　悩める　腰痛悪しくなり　脊椎手術の　余儀もなし。おぼつかな　便《び》なしをかこつ　老体の　独《ひと》り居《い》難儀　ひとしほに　息《そく》の住みたる　常陸《ひたち》にや

里移りせり　ありありて。　君と過ごせし　里離れ　いかな侘びしく　思ほへど　われはあけくれ　君思ひ　ともに居ますや　どこまでも。　君の像古居《ふるい》と変はらず　壇にあり　われに向かひて　ひもすがら　微笑みかけてわれを慰む。
直道《ひたみち》の　ひたちの里や　あしがきの　古きことども　満ち満ちて　いとどをかしき。　われ君の　小さき像を　身につけて　共に巡れる　をかし方々。
衣手の　筑波の嶺は　「風土記」にも　ちはやぶる　神の慈《やさ》しき　習ひとぞ人びとも　みなともどもに　寿《ことほ》ぎて　日々の弥栄《いやさか》　伝へたり。　気近《けぢか》しき

古墳の群に　埴輪作り場　横穴墓《ぼ》　さてもまた　水戸藩誇れる　偕楽園　史跡名所の　たふとしや。　気よき空をや　眺むれば　西の方には　墨染の茜の帯の　長く延び　ぬばたまの　夜空見上げば　瑠璃深く　なべてならずに　あはれなり。

さぞなひたちの　里に居て　星月見れば　霞立ち　荒野《あれの》の草に　虫の音を聴けば羨《とも》しみ　枝残る　柿の実見れば　寂しきを　思ひ侘びたり。　歌詠みの　わが心根を　尋ぬれば　いたき哀しみ　消えずてあらむ。

ありあふて　思し移りし　ときのあり。　大学の　クラス会ぞや　仕舞に

て　己が人生　われは語りき。　人の生　来し方のみに　あらずして　行く末の　あるが姿も　たふとしや。　かかる儀は　いたく負《お》ほしき　わが胸に。やうやうに　前を向くべき　こころざし　われに芽生えし。　「直道《ひたみち》の　ひたちに住まふ　われなれば　前に進まむ　直道のごと」　われ忘れずに　詠み措きし。　わが命　あるかぎりにや　そが「誓ひ」　負ふて行かまし。　宇宙《そら》を行き　翔びて遊ばむ　翔びて進まむ。

牀上《しょうじょう》で　君は遺せし　文に言う　「いきいき生きて」。　しか思ほして　われ行かむ　いと不本意に　断たれたる　尊し君の　生をもぞ　われは背負ひ

て　生きて進まむ。　さりながら　われも人の子　たまさかに　涕のつゆに

濡れそぼつ　こともあらなむ　君想ふとき。

末のくる　人の世なれば　いづれかに　われ天上に　昇りてや　君とぞ逢

はむ。　さる瀬には　まがふことなく　微笑みを　交はさまほしや　君とわ

れこそ。

反歌

「見ててね」と平穏誓ひつ牀上で耐へし君をぞわれは忘れじ

天離る鄙に在りても霞立ち絶へることなし君を偲べば
待ち懸けよ微笑み交はさむ天上にわれが昇りて君と逢ふとき

おわりに

人生傘寿を迎えると、人は誰でも「終活」を意識するようになるものだろう。私も例外でなく傘寿を迎えて、居住地域を通る高速道路の拡幅に絡む環境保全についての住民運動に始まる、永年の「市民運動」のなかで書き溜めていた文章を、終活の一環として整理し、昨年一冊の本を上梓した。

だが、それは私自身の「外側」の世界の「社会的課題」についてのものであり、私自身が「内側」に抱えていた妻との永別による「精神的課題」は、まったく位相を異にするものであったし、ずっと内包していた問題であった。七年前に他界した妻への「哀惜」の想いをずっと抱えて生きていたのである。「このまま永別への哀惜の念に涙ぐみながら残りの生を過ごすのか」、それは妻が書き残した「いきいき生きて」という願いにも応えていないし、彼女にも「顔向け」ができない…。私には三十余年の間嗜んできた「歌詠み」の習慣があった。妻への哀悼の心情もそれなりに歌に詠んでいた。私は、さらなる「終活」の一環として、その哀悼の歌々を「整理」することを思い立った。

昨年、大学の最後のクラス会があり、「わが人生観の形成と歩み」なる話を旧友たちの前で語った。「過去の歩み」が焦点だったが、むしろ自身にとっては「今後の歩み」のあり方を内心痛切に考えさせられた。それが「前を向く」転機となった。そして、そのことが、本書上梓への私の思いを強くした。自身の自己満足ではなく、人目に触れることが前提の出版。私のように永訣によって「残された人」たちへの意味あるものでありたい。「哀悼」の歌々ではあっても、私自身がこの半年「前に進む」心情になり得た実際を込めた「文芸」――歌と文による「歌文集」という――になりえるのではないか。その確信が本書の上梓を決定づけたのである。

本書上梓への私の「思い」「願い」は、「はじめに」にも書いたとおりである。ひとつは、私同様、伴侶との永別により「残された人」たちへの「エール」となってほしいこと、そしてもうひとつは、亡妻が最後の生を紡いだ病院でのすばらしい「緩和ケア」の実情を描写することで、不治を宣告された患者への「ケア」のあるべき姿を示すことである。

永年連れ添った伴侶との永訣についての「想い」「情実」を主題にしようとすれば、その伴侶の人としてのあり様や二人の生き方も交えた過去への日常・非日常の「回想」は不可欠であり、それらはある意味きわめてプライベートな事情でもあろう。だが、フィクションではなく、人の生の「最期」にまつわる事情・事実について「残された者」がその情実を語ることは、ノンフィクションというよりもむしろはるかに深く重いリアル・ストーリーであるにちがいない。自失、哀悼の日々、そして「前を向く」精神状況への転機とその変遷、それらの「実際」は、きっと同じ立場にある「残された」多くの人びとに、なにがしかの「意味」をもつものであろうと思うのである。

しかも、それを和歌によって表出しようというのだから、なおさらであろう。歌の原点が「心情の吐露・発露」と心得ている人間の歌々でもあれば。


私が、昨年の秋に本書の構想を具体化しつつあった時に、偶然にも亡妻の大学時代の親友・中澤明さんからご主人が昔著した書物『以佐の牀上漫録』（中澤茂編著　三省堂）をいただいた。それは、病死したご母堂を中澤氏が「悼む」もので、若き日の氏の時代にまで遡った多くの「回想」が語られていた。

かけがえのない人への「哀悼」というものは、こうして故人の生前のことまでずっと遡って振り返る「回想」が欠かせないということに、あらためて強く同感したものだった。親子でも夫婦でも逝った故人を悼むというのは、そういうことなのだ。中澤氏は「漫録」という表現を採り、私の場合は歌が主体だったので「歌文集」とした違いはあるが、哀悼と回想は重なり合うものなのだ。


本書を書き終えてみて、あらためて本書の別な「社会的な」存在理由について思いが及んだ。

「はじめに」では書かなかったことである。それは、亡妻・玲子の教員としての在り方である。そのことに着目することは、今日、教員不足の「要因」ともなっている、教育現場における教員の置かれた厳しい現況を「見直す」大きな「問題提起」になると思うのである。

「回想」の「文」の最後に彼女の「人となり」として、教員だった彼女の「姿」にも触れたが、「教員としての在り方」そのことを強く思わされたのは、葬儀に参集された彼女の多くの教え子たちの「追悼」の話だった。永年それを「業」としている葬儀司会者を強く感動させた多くの話でもあった。教え子の彼ら彼女らは、あの最も「荒れていた」中学時代に、教員として接した亡妻のさまざまな「人間性」に触れて、癒され、諭され、慰められ、困苦を切り抜け、人としてのあるべき姿を深く学んだことを次々と語った。英語教師だった亡妻だがその専門の英語教育についてではなく、彼女の「人間性」そのものに学んだのだった。

実際に、私自身の生徒・学生としての体験でもそうだったが、生徒や学生は教師からその専門の授業内容について学ぶというより、その教師の「背中」つまり「人間性」をよくよく観察しているものである。専門のことについては、教科書や参考書をきちんと学習すればたいていは済むことである。むしろ、われわれは今そこにいる人について強い印象を受け、そしてその人から「学ぶ」ことは、その人の人柄や性格、人間性であるにちがいない。

教師が生徒や学生とそうした「関係」をもちうるのは、授業という限られた正規の「枠」のなかの触れあいはもちろん、授業以外の非正規の時間帯での場や空間における「触れあい」が重要なのである。いま、教員たちは、授業時間以外に「報告書」の類の書類書きなどの雑務に追われて余りに多くの「業務」にともなう「残業」を余儀なくされているという。つまり、肝心の生徒たちとの直接的な「触れあい」の機会が授業以外にはないのだ。授業が済んだら即職員室に戻ってひたすらパソコンを前に書類書きなど諸々の雑務に没頭する…。そんな教育現場は、本末転倒である。教育行政に携わる者たちが、本来の教育の「原点」をまったく理解していないのだ。

映画「モダンタイムス」（一九三六）で、チャプリン演じる工場労働者が、次々と流れてくるベルトコンベアー上の部材のボルト締め作業にくり返し追われて、ついには昼休みになって昼食を食べる時も「ボルト締め」の両腕の動作が止まらなくなる…。この映画の「白眉」といっていいシーン、人間の「機械化」「ロボット化」の象徴的シーンである。チャプリンは人間のロボット化の悲劇を喜劇的に描いてみせた。はるか一世紀近い昔である。だが、日本の二一世紀の今の学校教育の現場はどうだろう。授業以外の書類書き等の業務、残業に追われる教員たちの実情…。しかも、公立学校では教員の残業に対して「残業代」は支払われていない。それは「定額働かせ放題」としばしば批判されてもいる。まるで二〇〇年も前の「産業革命時代」――労働者の人権が配慮されていなかった――のような扱いではなかろうか。これでは学校という名の「教員工場」とでもいうべきか。そんな教育現場の働き手・成り手が減少するのは当然である。小・中・高の公立学校の教員で精神疾患のために休職・休暇（一ヵ月以上）を取った者は、二〇二二年度の一年間で一万二千人を超え、年々増加の傾向にある（文科省調査）。特に、「残業一〇〇時間」などの実際の教員業務と教育実習とのギャップに悩む新任教員の退職がこの数年、五～六百人規模と顕著であり、これも年々増加している。また、小学校だけでも「教員不足」は六四％にもなるという。二〇人必要な教員が七人しかいないのだ。教育現場の教員環境自体が、病み荒《すさ》んでいるのである。

実は、公立中学校の教員だった亡妻がまだまだ元気だったのに定年まで二年を残して自主的に早期退職したのは、この「教員工場化」にあって「もはや自分のいる職場ではない」と判断したからであった。「精神疾患による休職・休暇」だけでなく、こうしたベテラン教員の「早期退職」も「教員不足」の要因だろう。「教員工場化」をなくし、教育の「原点」に戻る根本的な「改善」「改革」こそが急務である。

連れ合いだった私が言うのは口幅ったいが、何十年経っても多くの教え子たちがその「人間性」に深く学んだと回顧する、亡妻のような多くの教師たちが、学校現場を形成するような――雑務が少なく生徒との直接的な「触れあい」をたいせつにする、教育の「原点」に根差した教師たちが職場を成す――学校であってこそ、生徒たちは真に学び、成長するのであろう。

現場の教員や教員を志す人たち、そして学校教育に携わる教育行政の関係者にも、本書をぜひ読んでいただきたいと思うのである。

亡妻が亡くなってから、彼女についての「実録資料」を二種類作った。ひとつは「闘病」の部の「文」でも触れたが、彼女の闘病中の写真と日記を編集した「玲子のがんばり闘病録」、もうひとつは「玲子アルバム」であった。「玲子の人となり」でも述べたが、彼女は実にモノに対して恬淡としていた。自身のアルバムも作っていなかったのである。終生独り身で、連れ合いや子や孫がいない者ならそれでもいいが、「残された者たち」が彼女を振り返ってよりよく本人を識る「材料」はあった方がいい。私は、親戚や彼女の親友たちに声をかけ、私が知らない彼女の「映像」を入手して、先の「玲子アルバム」を作った。

その前書きの一部に、こう記した。

「彼女が旅立ったあと、私・翰弘は、彼女を身近に感じていたいと思ったのと、子ども達とその連れ合い、そして孫たちが、母親やおばあちゃんの「姿」を見て、彼女のことをあらためて心に刻んでほしいと願って、彼女のアルバムを作ろうと決めました。彼らが、私がいなくなったあとも、このアルバムをだいじにしてくれるよう、願ってやみません」

「玲子のがんばり闘病録」も「玲子アルバム」も亡妻の「実録」を示す「資料」であるにちがいない。それらは、写真という映像媒体を主体にしたものであり、ある意味亡妻のあるがままの「姿」を映したものである。芸術写真ならともかく、記録写真の類だから、その映像が語る「意味」は、現実の「あるがまま」であろう。それはそれで意味あるものである。

ただ、四〇年以上連れ添った者としてみれば、そうした「資料」に物足りなさを感じてもいた。伴侶の「永訣」に対してもっと「心情」のこもったモノがあるべきではないのか。歌詠みを「習い」としていたことは、まことに幸いだった。「そうだ、折に触れ詠んできた歌々を整理して、哀悼の歌集にしたらどうか」。昨年の秋に、ふと終活のさらなる一環として「玲子挽歌」を編んでみようと思ったのだった。

そんなころ、ふと高村光太郎の『智恵子抄』が頭に浮かんだ。そして、あらためて読み直してみた。「智恵子抄は智恵子抄だ」、高村の智恵子への心情はそれなりに解ったが、それは私自身の亡妻への心情の「あり方」とはまた別のものであることを悟った。当然である。高村は高村であり、私は私なのであって、それぞれの連れ合いの人間もその「闘病」の実態もまったく異なっているのだから…。

また、「玲子挽歌」の整理・述作を思い立ったころ、亡妻と出逢った若い頃のことを想い出した。彼女との交際のなかで相互に結婚を約束した。私は、そのころ小さな建築設計事務所を立ち上げたばかりで、いっぱしに「建築家」の「夢」を追っていた。そして、彼女との会話のなかで、大学の大先輩であり、建築家で詩人だった立原道造のことをしばしば話題にした。そんな話題を気にかけた彼女が「婚約」の「シルシ」に私に贈ってくれたのは、『立原道造全集　全四巻』（角川書店）だった。まだ二十代だった彼女の給料からすれば高価な「買い物」だったにちがいない。自分の身なりにはまったく恬淡としていた彼女のそんな私への気遣いが嬉しかった。

いま、あれから半世紀以上も経って、立原のような「詩」ではないが、その詩集を贈ってくれた彼女に対する「歌」を集成して一書を上梓することになるとは…。人生、不思議である…。立原のように「建築家で詩人」にはならなかったが、「建築家で歌詠み」の道を歩んだことは、「形」をもって彼女に報告できそうだ。

結果的に、本書『玲子挽歌』は、「回想」「闘病」「哀悼」の三部構成において、それぞれ「文」と「歌」で成り立つ「歌文集」という著作になった。あらためてその上梓の意義を確認したい。

その昔、宮澤賢治は、自らの出自と故郷の岩手県という土地柄の「特異性」にこだわって、「農民芸術」の創出・提起を高らかに謳った。

「もとより農民芸術も美を本質とするであらう
われらは新たな美を創る　美学は絶えず移動する
………
そは直観と情緒との内経験を素材としたる無意識或は有意の創造である
そは常に実生活を肯定しこれを一層深化し高くせんとする

……」（宮澤賢治『農民芸術概論　綱要』一九二六）

私は、本書上梓の社会的意義について、これまで以下のものとして語ってきた。

＊　伴侶の死により「残された人」たちへの「エール」

＊　不治の病者への「緩和ケア」のあるべき姿の描写提示

＊　学校における教員の職場環境の見直しの必要への示唆

この歌文集としての「挽歌」が、単なる「哀悼」の物語に終わるのではなく、その故人の「人となり」や「人生行路」をも含めて、如上のような「社会的意義」をもちうるであろうことを強調したい。「直感と情緒との内経験による創造」であることを希って。

だが、「挽歌」という歌を詠む「心情」がそれで「完結」し「終了」することはありえない。逝きし者を悼む心情は、悼む者の生がある限り続くものである。私は、生涯、「情緒の内体験による創造」による哀悼の歌詠みを続けるだろう。本書は、たまさか、その「途上」の一著作にすぎない、いわば「未完」の作品である。賢治は先の著作のなかで語った。「永久の未完成これ完成である」と。

私は、「未完成」は「未完成」として、素直にこの書を「途上の一作」として、引き続き、「自分流」の歌詠みを続けて行きたいと思う。

さて、歌を主体とした「歌文集」の「結び」にあたり、歌の「現代的地平」について想いを馳せてみたい。五・七調の定型歌が確立していった『万葉集』に遡る「上代歌謡」や「記紀歌謡」など、わが国固有の「歌」の歴史はかなり古い。その「伝統」の上に現代の歌の世界があることは否定できない。

しかし、二一世紀のいま、時代はその科学技術の発展を背景とした「文明」の大いなる「変換期」を迎えている。最も顕著な事例は、ＡＩ（人工知能）による日常世界の変化である。このような情勢において、芸術・芸能の世界も例外でなくなってきている。バーチャルの「世界」が「現実性」を帯びて浸透しつつある。ＡＩによるアイドル「葵」はユーチューブで大活躍しており、バーチャル・アイドル「初音ミク」はすでに「超歌舞伎」の舞台で実際の俳優たちと共演さえしているのである。

歌の世界が、こうした情勢と「無縁」でありえるだろうか。大学での課題のレポート提出は、ＡＩによる文章が少なくないという。想像もしたくないが、ＡＩに「テーマ」を与えて、短歌を詠ませることも可能にちがいない。まさに、歌詠みのロボット化である。「詠み人識らず」？　情景を詠ませることはさして難しくないにちがいない。俳句の世界などは、しばしば「映像化」が強調されるが…。

私は、「はじめに」で、歌の「原点」は「心情の吐露・発露であるべし」と述べた。おそらく、ＡＩが最も不得手とするのがこの「心情」であるだろう。「彼」には、そもそも「心」はないのだから。歌の世界が、この「心情」に依拠している限り、ＡＩに「侵略」されることはないであろう。

本書の出版も、同時代社社長・川上隆氏のお世話になった。「歌文集」という珍しい書籍の編集・出版は、「文」や「歌」の書体や配列など少々特別な配慮を要する「苦労」もあったにちがいないが、当方ともよく連絡をとって首尾よくまとめていただいた。御礼申し上げたい。

最後に、当然のこと、「挽歌」ゆえに本書を天上の妻・玲子に捧げたい。習いの歌詠みの果実としての歌々もいつしか溜まっていた。駄作も含まれているだろう。詩作と歌詠みの「違い」が奈辺にあるのか私には確《しか》と指摘はできないが、とにかく識らずのうちに「この道」に分け入って三〇年が過ぎていた。『立原道造全集』の詩ほどに多作を頼むものではないが、溜まっていた歌々を選択して本書を成した。半世紀も経ってしまったが、『道造詩集』を贈ってくれ「文人の心を」という若き日の妻の気遣いに、少しは応えられただろうか。時間が経ちすぎてしまったけれど…。「挽歌」などというものでない「歌集」を生前に贈れていたらと、いまつくづく思うのである。

二〇二四年五月

著者記す

著者略歴

三村翰弘（みむら・みきひろ）〈**筆名：三村翰**（みむら・かん）〉

出　　生　1942年、東京に生まれる
経　　歴　東京大学工学部建築学科卒業、同大学院修士課程修了
東京教育大学助手、筑波大学講師・助教授・教授を経て、現在筑波大学名誉教授
マサチューセッツ工科大学客員研究者（1980-81）、ポーランド・クラクフ工科大学客員教授（1989）、中国・広州大学特別講師（2001）、韓国・中央大学校特別講師（2013）等歴任
歌詠み歴　32年
主　　著　近代日本建築学発達史（共著　丸善）
Man-Environment Qualitative Aspect（共著　バルセロナ大学出版局）
Polish Town-planning and Architecture in the Years 1945-1995
（共著　クラクフ工科大学）
建築外環境設計（共著　中国建築工業出版社）
居住環境の計画（訳書　原著者ケヴィン・リンチ　彰国社）
三村翰評論集（井上書院）
能楽随想（私家版）
市民運動の本領（同時代社）
建築作品　白の家
ジャパンライン六本木クラブ
三崎商事本社ビル
雁行の家
ポーランド・オシヴィエンチム孤児院
和風の郷（やすらぎの里・小川）など
受　　賞　JCD 創立10周年記念競技設計最優秀賞（1971）
ポーランド建築家協会最優秀賞（1992）など

歌文集　玲子挽歌

2024年 6 月25日　初版第 1 刷発行

著　者　三村翰弘
発行者　川上　隆
発行所　株式会社同時代社
〒101-0065　東京都千代田区西神田 2-7-6
電話 03(3261)3149　FAX 03(3261)3237
組　版　精文堂印刷株式会社
装　幀　クリエイティブ・コンセプト
印　刷　精文堂印刷株式会社

ISBN978-4-88683-968-8